LE DERNIER VOL

SEBASTYEN DUGAS

URBANUM
ÉDITION

RECEVEZ DEUX LIVRES GRATUITEMENT

Obtenez **gratuitement** deux courts romans du même auteur. Vous découvrirez deux autres styles littéraires de l'auteur en lisant les deux livres offerts sur le site Web de Sébastyen.

Téléchargez-les **gratuitement** en vous inscrivant à l'info-lettre de Sébastyen en cliquant sur ce lien : https://link.sebastyendugas.com/dvolfront

1

___

À demi conscient, Alain Dupont était debout au milieu de la chaussée, se frottant la nuque pour chasser la douleur. La journée était superbe avec un soleil de plomb qui transperçait le ciel d'un bleu immaculé.

Derrière lui s'échappait une inquiétante fumée épaisse qui n'annonçait rien de bon. Il s'éloigna en titubant le plus rapidement possible vers une masse floue devant lui. Il avait mal partout comme si on lui avait passé sur le corps des dizaines de fois. Ses oreilles étaient bloquées, mais il entendait tout de même des bruits étouffés au loin. Des cris.

D'effroyables hurlements à vous foutre froid dans le dos.

Il avait du mal à se tenir debout, mais il devait trouver d'où venaient ces cris, c'était plus fort que lui. Il ne pouvait y rester insensible. Il ferma les yeux, puis les ouvrit très grands pour essayer d'y voir quelque chose. Tout était embrouillé, il n'était pas capable de clairement voir ce qui se trouvait devant lui, et il ignorait pourquoi.

Il y avait une énorme masse jaunâtre au loin qui reposait dans une inquiétante brume, mais il ne pouvait pas déceler de quoi il s'agissait. C'était le silence total autour de lui, si ce n'était des complaintes qui perdaient de leur intensité à mesure que les minutes passaient. Il avançait vers ces cris, faisant tout en son pouvoir pour ne pas trébucher sur les obstacles sur le chemin, malgré ses yeux qui refusaient de collaborer.

Les puissants rayons du soleil de fin d'après-midi n'aidaient pas à sa vision. Ses pupilles étaient en feu et il n'avait pas ses verres fumés sur lui. Il se retourna pour contempler le nuage noir s'élevant vers le ciel, et remarqua que la fumée était plus dense, et que des flammes étaient apparues. Même s'il ne voyait pas très bien devant lui, il y avait clairement quelque chose qui ne tournait pas rond dans ce panorama et ça n'annonçait rien de bon. Une chose était sûre : il avait bien fait de s'écarter rapidement des flammes.

Les cris reprirent de plus belle. Dupont se concentra sur la masse jaune et s'approcha tranquillement. S'il pouvait voir ce qui se passait, il pourrait au moins faire quelque chose. Il tentait de replacer les pièces du puzzle en marchant droit devant. Il ignorait ce qu'il faisait là, ce qui lui était arrivé et ce qui expliquait pourquoi sa vision était si embrouillée.

Puis, une explosion derrière lui le fit sursauter et se retourner rapidement sur lui-même. Il vit le brasier décrire une gigantesque sphère cauchemardesque, et il eut la chair de poule en réalisant qu'il serait mort calciné s'il n'avait pas eu la présence d'esprit de s'éloigner.

Il prit une autre grande inspiration pour se donner du courage, pour y voir plus clair sur ce qui l'attendait devant. Il continua d'avancer vers la masse, puis observa un mouvement plus bas à sa droite. Il recula instinctivement, craignant ce que ça pouvait être. Peut-être était-ce une bête qu'il ne fallait pas approcher ou quelque chose qui lui voulait du mal.

Il avait un mal de bloc carabiné. En massant ses tempes, il observa une forme beige, noire et grise se mouvoir dans le fossé à sa droite. Comme une vague d'un liquide épais ou une énorme marée de formes hétéroclites. Il lui sembla que les cris provenaient de cette masse gluante. Il savait qu'il ne devrait pas, mais c'était plus fort que lui; il fallait voir ce que c'était de plus près. Il ne savait pas s'il y avait des gens en danger ou qui avaient besoin d'aide. Ces personnes derrière les cris qui le hantaient depuis qu'il avait repris connaissance.

Il mit doucement un pied devant l'autre et avança avec soin vers la masse informe. Les hurlements perdaient en intensité, faisant plutôt place à des lamentations lancinantes. Il frotta ses yeux avec ses poings en espérant mieux voir, mais c'était peine perdue. Il conclut qu'il avait probablement eu un choc à la tête et que c'était la raison de ses problèmes de vision : il souffrait sans doute d'une commotion cérébrale.

Si ça se trouvait, il imaginait tout ça.

Il approcha davantage, sentant une force d'attraction l'empoigner à ras le corps et l'entrainer vers la masse difforme. À sa gauche, la masse jaunâtre s'était un peu plus définie, au point où il voyait une lueur scintillante, comme à un passage à niveau. Il n'y avait ni feu ni fumée autour de lui, seulement cette foutue brume enveloppante et cette masse informe et mouvante.

La forme jaune était à demi inclinée vers le fossé, et Alain Dupont voyait des formes mouvantes à l'autre bout. Il en déduisit qu'il y avait quelque chose dans le ravin et que la masse se retrouvait à moitié enfouie dans cet abime. L'autre moitié se trouvait quelque part sur la route. Les ombres s'activaient de plus belle, mais il n'arrivait toujours pas à voir de quoi il s'agissait.

Dupont plissa encore les yeux pour déceler quelque chose, mais sans succès. Il fallait qu'il s'approche, même si toutes les fibres de son corps le sommaient de s'enfuir dans la direction opposée. Il marcha à pas feutrés, appréhendant ce qu'il était pour découvrir. Puis, il entendit des voix, des voix aiguës qu'il n'arrivait pas à déchiffrer.

— Il y a quelqu'un ? demanda-t-il en se trouvant ridicule d'espérer une réponse.

Comme prévu, personne n'interagit avec lui. Il n'y avait que des gémissements sourds et alarmants.

Il se trouvait maintenant à quelques mètres de la masse et sursauta en voyant une ombre bouger près de son pied. Il voulut reculer, mais une puissante poigne lui agrippa la cheville, tel un immense boa constricteur insatiable.

Paniqué, Dupont trébucha en tentant de se défaire de son emprise. Il roua la forme longiligne de coups avec son talon gauche, mais il n'avait pas beaucoup de leviers dans sa position, d'autant plus qu'il était droitier. Sa jambe gauche était malhabile et imprécise, le faisant frapper la plupart du temps à côté de la cible.

Il s'agrippa à l'asphalte si fort que ses ongles éclatèrent. Il fut entrainé vers la masse et hurla à l'aide. Il n'y avait personne autour pour l'aider, il était laissé à lui-même. Sa jambe droite s'approcha dangereusement du ravin et il gueula à fendre le ciel pour qu'on le sauve des griffes de ce monstre.

Puis, son corps se vida de son énergie en réalisant ce qui le retenait avec une telle force : une énorme main pourvue de griffes acérées incrustées dans sa cheville. À l'autre bout de ce membre longiligne, se trouvait une bête verdoyante et écaillée. Aucun son ne sortait de la bouche de Dupont, même s'il s'époumonait à s'en fendre les cordes vocales. Ce qu'il voyait était horrible. Comment était-ce possible ? Mon Dieu, non !

Toutes ces paires d'yeux qui le dévisageaient en l'implorant.

Il cria et cette fois, il sentit son âme s'échapper. C'était trop affreux, il ne pouvait plus tenir. Puis, dans un mouvement sec, l'énorme main l'entraina dans le ravin.

En sueur dans son lit, Alain Dupont avait hurlé comme un dément. Il était désorienté. Son esprit était engourdi par les effroyables images qu'il venait de voir, mais il était sain et sauf, assis seul dans son immense lit. Il faisait si sombre qu'il ne voyait pas à deux centimètres devant lui.

Pourquoi ces mêmes images lui revenaient-elles toujours en tête ? Ça faisait longtemps qu'il n'avait pas fait ce cauchemar. Il s'en croyait guéri. Il avait conclu que les nombreuses séances de thérapie avaient porté fruit. Ça le démoralisait de constater que ce n'était pas le cas. Que ces horribles images sommeillaient encore en lui, quelque part tapies dans un recoin sombre de son subconscient !

Il pleura de découragement. Ne s'en sortirait-il donc jamais ? Cet enfer pour lequel il avait payé un prix énorme l'habiterait jusqu'à la fin de ses jours ? Il ne pourrait plus jamais vivre normalement ? Il était condamné ? Ça le suivait partout, peu importe où il se trouvait, il ne pouvait s'en sauver. Même au boulot, il lui arrivait de discerner des ombres qui passaient près de lui. Il comprenait que c'était la création de son subconscient, mais ça semblait si réel. La peur le prenait aux tripes et il n'était plus capable de se concentrer ensuite. S'ensuivait une longue série de nuits blanches à craindre de s'endormir.

Pour ne plus jamais rêver à ça.

Après quelques secondes d'angoisse à se replacer dans l'espace et dans le temps, il soupira en se rappelant qu'il devait rejoindre dès le lendemain Myriam, sa nouvelle copine, dans la capitale du vice. Elle était déjà à Las Vegas depuis près d'une semaine pour assister à une conférence dans son domaine d'expertise. Le plan était qu'il la rejoigne pour sa dernière journée de conférence, et qu'ils profitent ensuite de la ville. Son vol était prévu plus tard en soirée et ça le rendait anxieux juste à y penser. Il ne pouvait repousser l'échéance davantage. C'était le moment de vérité.

Ses yeux s'habituèrent à la noirceur et il discerna certaines formes autour de lui. Il alluma sa lampe de chevet et mata sa valise qui était déjà prête et qu'il avait posée près de sa porte de chambre. Les vêtements qu'il avait choisis pour le vol étaient pliés et reposaient sur la chaise capitaine dans le coin de la pièce. Son vol était planifié pour 18 h 30, en ce vendredi qui s'annonçait magnifique pour un mois d'avril. Du moins, c'est ce que disait la météo.

Alain Dupont avait encore le cœur qui battait la chamade à cause de son cauchemar et demeurait sur ses gardes, comme si quelque chose d'horrible pouvait encore survenir.

Même s'il était seul dans son appartement et qu'il avait trente-huit ans bien sonnés, il avait l'impression d'en avoir trente de moins. Il subissait la même crainte qu'un enfant, celle d'un monstre l'observant depuis la pénombre, prêt à bondir de sous son lit. Mais heureusement, il n'avait plus huit ans. Il avait la capacité de se réconforter lui-même, et de remettre les choses en perspective.

Bien sûr qu'il était seul. Il avait verrouillé toutes les portes. Ses sens étaient en alerte à cause de son cauchemar.

La peur qu'il ressentait était artificielle, mue par son imagination. Rien de tout ça n'était vrai. Ce n'était qu'un rêve. Un rêve qui semblait foutrement réel, mais un rêve tout de même.

Il était pour se rendormir quand le plancher craqua près de lui. Il se retourna en vitesse et ouvrit encore une fois la lumière.

Rien.

Il se recoucha en tremblant comme une feuille. Il se sentait totalement vulnérable face à un malin aux intentions maléfiques.

— Tu es seul, Alain. Tu es tout seul. Il n'y a personne dans ce putain d'appartement.

Il pourrait sûrement réussir à se calmer et se rendormir, si ce n'était de cette intense impression qu'en ce moment, quelque chose l'observait.

2

Dupont s'affairait à déboulonner un morceau resté pris dans l'essieu d'une voiture. Reconnu comme un garagiste d'expérience, il s'était converti à la mécanique après avoir œuvré comme camionneur pendant plus d'une décennie. Il était plus à l'aise dans ce rôle entouré de gens que seul dans son dix roues. De toute façon, il avait choisi de ne pas renouveler son permis de conduire depuis des années. Il préférait utiliser les taxis et les services comme Uber. Le reste du temps, il se déplaçait sur son superbe vélo hybride électrique qui le portait à faire de l'exercice en même temps.

— Frank, peux-tu m'aider ? hurla-t-il en direction d'un homme dans la soixantaine qui discutait avec un autre collègue.

Frank Dubord accourut rapidement pour le rejoindre. Si Alain Dupont demandait de l'assistance, c'est qu'il y avait quelque chose qui ne tournait pas rond. Alain était le type à s'organiser tout seul, la plupart du temps.

— Retiens ce morceau-là pendant que je vais derrière.

Dans un effort concerté ponctué de grognements sourds,

Alain sourit en entendant le son satisfaisant de la pièce qui se détachait de l'essieu.

— Merci, mon vieux.

— Bien sûr, Alain.

Dupont n'avait pas peur de se salir dans la graisse et la poussière. Ce n'était pas un intellectuel et il détestait les teneurs de crayon, comme il appelait sarcastiquement les employés de bureau amants du neuf à cinq. Pour lui, le vrai boulot était manuel et demandait un effort physique. Il jugeait défavorablement ceux qui travaillaient derrière un écran d'ordinateur pour ensuite s'écraser devant leur téléviseur pour le reste de la journée. Quelle vie de merde, ennuyante à souhait ! Quand il retournait chez lui, Alain avait vraiment le sentiment du devoir accompli. Il s'accomplissait en trouvant des solutions aux problèmes sur les voitures qu'on lui confiait. Il aimait satisfaire les clients; qu'ils soient heureux de reprendre la route avec un véhicule en parfait état de marche. C'était sa motivation quotidienne.

Puis, il sursauta en entendant un coffre à outils s'écraser au sol. Il se pencha pour voir ce qui s'était passé et, surtout, qui était l'auteur de ce vacarme. Il fut désappointé de constater que Pascal Monette s'était encore mis dans le trouble. Monette hurlait son mécontentement en sacrant comme un charretier, au risque que les clients dans la salle d'attente l'entendent. Alain se dirigea rapidement vers lui pour le calmer avant que le patron ne s'en aperçoive. Déjà qu'il ne l'avait pas en odeur de sainteté, il ne pouvait qu'empirer son cas.

— Baisse le ton, Pascal. Les clients vont t'entendre.

— Je m'en balance, qui a mis le foutu coffre à outils dans le chemin ?

— Tu veux que Marchand s'en mêle encore ?

Monette fixa Alain Dupont du regard, furieux, mais ne répondit pas. Il savait qu'il avait étiré l'élastique au maximum avec Jean Marchand, le propriétaire du garage. Il était à une gaffe ou un commentaire mal placé de se retrouver sur le chômage. C'était sa hantise. Il avait beaucoup de difficulté à conserver ses emplois et ne pouvait pas se permettre de perdre celui-ci. Alain sentit une odeur de boisson provenant de l'haleine de son jeune collègue.

— Bordel, Monette. T'as encore bu ?

— Hier.

— Cesse de te moquer de moi, t'empestes l'alcool à cent mètres à la ronde, ça ne date certainement pas d'hier. N'essaie pas de me bourrer.

Monette voulut le contredire, mais il s'agissait d'Alain Dupont, cet alcoolique abstinent qui tentait de l'aider à s'en sortir lui-même. Il connaissait tous les mensonges que Monette pouvait inventer. Il l'avait pris sous son aile, mais Monette était trop immature pour en profiter. Même si, au fond de lui, il aurait voulu saisir la perche que Dupont lui tendait, il en était incapable. Il ne pouvait pas résister à la bouteille. Il ne pouvait s'imaginer boire de l'eau ou une boisson gazeuse dans un bar, ou chez des copains. Il s'emmerdait quand il était à jeun, il devenait la personne la plus ennuyante que vous puissiez rencontrer dans ces moments-là. Quand il était saoul ou drogué, ou encore mieux, les deux en même temps, il était le clown de la soirée. Il faisait rire ses amis et les filles, et réussissait même parfois à finir la nuit avec l'une d'entre elles. Il avait honte de son appartement crasseux d'une pièce, mais c'est tout ce que sa vie de merde lui permettait de se payer.

— Excuse-moi, Alain. C'est juste que...

— Si Marchand te voit comme ça, t'es cuit. Retourne chez toi, je vais m'occuper de lui, je vais improviser quelque chose. Mais pour l'amour du ciel, ne sois pas saoul demain. Je ne serai pas là pour te sauver les fesses.

— Comment ça ? demanda Monette qui avait complètement oublié le voyage d'Alain à Las Vegas le soir même.

Dupont observa Monette qui enfilait son manteau avant de sortir discrètement du garage. Il entra ensuite dans le bureau du patron.

— Hé, patron, Monette est retourné chez lui. Il ne se sentait vraiment pas bien.

Jean Marchand soupira en se calant dans son fauteuil.

— Il était encore saoul, j'imagine ?

— Non, il a juste mal à l'estomac, il était plié en deux tout à l'heure, je lui ai dit de partir. Il va sûrement se sentir mieux demain.

Marchand observa Dupont pendant de longues secondes, comme s'il tentait de voir si son fidèle employé disait la vérité ou s'il couvrait encore son collègue, mais il sourit poliment et lui ordonna de regagner son poste.

Dupont se dirigea vers le garage pour ramasser les outils que Monette avait fait tomber, et il retourna sous le véhicule de son client pour finir le travail. Frank Dubord vint le retrouver.

— Pourquoi tu le protèges, ce trou du cul ?

Alain continua d'enlever les boulons des freins à tambour sur la vieille voiture qu'il réparait.

— Parce qu'il me fait penser à moi, à son âge. J'étais aussi con que lui, et aussi perdu. J'aurais aimé que quelqu'un me donne une chance, au lieu d'être laissé à moi-même. Ça m'aurait évité toutes sortes d'ennuis. Alors si je peux l'empêcher de recevoir les mêmes claques sur la gueule que j'ai reçues, ça sera ça de gagné.

— Mais tu sais que tu ne pourras rien pour lui tant qu'il ne voudra pas s'aider lui-même, rétorqua Frank avec son accent mi-québécois, mi-marseillais.

Dupont regarda l'homme aux cheveux gris et à la peau cuivrée avec un léger sourire. Le vieux avait raison. Alain faisait probablement ça pour rien. Mais il ne pouvait se résoudre à laisser le jeune dépérir sans rien faire. S'il y avait une mince chance de sauver Monette, alors ça valait le coup. Surtout avec ce que sa propre dépendance lui avait coûté. Des années à tenter de remettre son existence sur les rails, à rapiécer les morceaux de son existence. Au plus bas de sa déchéance, il crut qu'il n'y arriverait jamais.

Il consulta l'énorme horloge Bridgestone sur le mur du garage, plus qu'une heure de travail et à lui les vacances. Mais au lieu de ressentir une joie immense à l'idée de rejoindre sa douce dans la capitale du vice, il se sentit devenir anxieux en se rappelant qu'il se dirigerait directement vers l'aéroport.

Il n'avait pris l'avion qu'une fois, quand il était adolescent, et il avait eu la peur de sa vie. Un des moteurs avait brulé et l'appareil avait dû atterrir d'urgence sur une petite île près des Caraïbes. Les masques à oxygène étaient tombés et il se souvenait encore de la panique qui régnait à ce moment. Il revit le visage affolé de la jeune hôtesse de l'air qui avait plongé son regard dans le sien, comme si elle cherchait du réconfort dans ses yeux à lui, comme si elle croyait qu'ils allaient mourir.

Dupont s'était juré de ne plus jamais embarquer dans un avion.

Mais sa nouvelle copine, Myriam, était fervente de

voyages et elle lui avait demandé quelques fois de voyager ensemble, mais il avait toujours refusé. Ça faisait six mois qu'ils se côtoyaient et il sentait que Myriam remettait leur relation en question à cause de ça. Impossible qu'elle reste en couple avec quelqu'un qui ne pouvait pas voir du pays, qui avait peur de l'avion. Ça serait un obstacle insurmontable. Voyager était sa plus grande passion dans la vie, à tel point qu'elle préférerait rompre avec un homme qui ne pouvait pas la suivre dans ses péripéties. Aucune relation ne valait le sacrifice de ne plus visiter le monde. C'était non négociable.

Comme ils avaient chacun leur appartement, il serait facile de passer à autre chose. Mais c'était la dernière chose qu'Alain voulait. Il avait enfin l'impression d'avoir rencontré la femme qu'il lui fallait. Il était heureux avec elle, rien n'était forcé. Elle acceptait son passé, même si elle venait d'une famille rangée et que le plus grave qu'elle ait fait était d'avoir reçu une contravention pour avoir roulé trop vite dans une zone scolaire.

Même s'ils avaient des personnalités opposées, ils se complétaient à merveille. Alain ne voulait pas gâcher ça, alors il lui fallait trouver un moyen de surmonter sa peur de l'avion. Elle voyageait beaucoup pour affaires, et c'était une conférence professionnelle qui l'avait menée à Las Vegas. Alain devait ensuite la rejoindre pour passer la semaine suivante avec elle dans cette ville qu'il n'avait jamais visitée. Certains collègues de sa copine avaient aussi décidé de passer une deuxième semaine là-bas et Myriam avait des plans pour le groupe. Ça emmerdait Alain qui n'était pas friand de se mêler à des étrangers. Ce n'était pas un grand parleur et il était extrêmement timide. C'était un indécrottable introverti, alors la simple idée de passer du temps avec plusieurs personnes l'angoissait considérablement.

Mais il le ferait pour Myriam, pour lui montrer qu'elle pouvait compter sur lui. Il devait vaincre sa phobie irrationnelle de l'avion. Après tout, plein de gens volaient tous les jours sans qu'il arrive quoi que ce soit de malheureux. Les équipes sportives, au niveau professionnel comme amateur, prenaient constamment l'avion et on entendait presque jamais parler d'un drame ou d'un accident, ou d'un simple ennui mécanique.

Frank lui avait dit que c'était de loin le moyen de transport le plus sécuritaire. Plus que la voiture ou le vélo. Lui-même voyageait souvent, notamment pour retourner dans le Midi de la France, visiter la famille qui lui restait. Et Alain avait toujours souhaité se promener dans les casinos de Las Vegas. Son film préféré était Ocean's Eleven, autant la version de Frank Sinatra que celle de George Clooney. Il voulait voir le Bellagio, le Paris et s'assoir à quelques tables de jeu. Il aimait parier, c'était son point faible, particulièrement le Black Jack et le poker Texas Hold'em.

Il tenta par tous les moyens de faire taire ses craintes, mais son cauchemar de la veille lui revint en tête. Il se demanda si, un jour, il cesserait de faire cet affreux rêve, s'il arrêterait d'entendre les cris. Il avait encore l'impression d'être observé, comme c'était le cas la nuit précédente. Il le sentait aussi, en ce moment, au travail.

C'était dur à décrire. Il ne sentait pas que quelqu'un l'observait en tant que tel, mais c'était plutôt une chose, un esprit maléfique. Une présence immatérielle. Quelque chose qui n'existait pas, mais qui lui voulait du mal. Il lança des regards furtifs derrière lui, mais il n'y avait rien d'anormal, seulement des collègues qui travaillaient comme des abeilles infatigables.

Dupont soupira et se remit au travail. Il devait terminer le changement de freins sur cette foutue voiture, après quoi il se dirigerait tranquillement vers l'aéroport. Maintenant, s'il pouvait se débarrasser de cette boule dans l'estomac.

S'il pouvait se défaire de cette peur qui s'incrustait de plus en plus en lui.

3

———

Alain Dupont était anxieux. Il ne se sentait pas très bien depuis son arrivée à l'aéroport. La simple vue des avions agglutinés aux portes d'embarquement lui foutait la trouille. C'était une mauvaise idée, ce voyage, il le savait. Il n'était même pas certain d'avoir la force de respecter sa parole. Échouer signifiait à toutes fins utiles la fin de sa relation avec Myriam. S'il était incapable de voler, alors jamais il ne pourrait parcourir le monde avec elle. Et elle avait été très claire sur son amour des voyages. C'était un match incompatible.

Il s'était attablé au restaurant de la brasserie Archibald, question de se décontracter en enfilant quelques boissons gazeuses pour accompagner son tartare de bœuf. Il enviait les vacanciers qui étaient là, tout autour, si détendus et si heureux à l'idée de partir pour une destination lointaine. Ce qu'il donnerait pour être comme eux. Ressentir cette insouciance, cet abandon à l'idée de s'envoler dans les airs, mais il était terrifié. Il transpirait à profusion à tel point qu'il sentait que son dos était complètement détrempé et que sa chemise était imbibée d'une bonne partie de son liquide corporel.

Il devait se détendre, ça n'avait pas de sens d'être aussi stressé. Il se répéta l'argument du vol des équipes sportives, la thèse selon laquelle ce moyen de transport était plus sécuritaire que l'auto, et autre phrase préconçue qu'un ami lui avait fournie pour le rassurer. Il aurait de loin préféré s'y rendre en bagnole, mais comme c'était environ une quarantaine d'heures de route ininterrompues, il ne lui resterait qu'un jour ou deux pour profiter de Las Vegas avant de devoir repartir dans le chemin contraire.

C'était ridicule.

Il avait trouvé la femme de sa vie, et il avait fallu que ce soit une maniaque de voyages. Pourquoi n'était-il pas tombé sur une compagne qui craignait autant l'avion que lui ? Pourquoi n'avait-il pas rencontré une amoureuse qui se serait contentée de balades en voiture dans le Vermont, ou en Floride ?

Son tartare de bœuf était délicieux, même s'il en avait mangé de bien meilleurs. Il s'était commandé une bouteille d'eau pétillante, puisqu'il ne buvait plus. L'alcool lui aurait permis de se calmer les nerfs, et même de dormir pendant le vol, mais elle causerait beaucoup plus de problèmes qu'autre chose. Il le savait et il n'avait pas l'habitude de se mentir à lui-même.

Mais l'idée de sommeiller pour la durée du vol était très alléchante, ce serait vraiment l'idéal. Périr pendant qu'on roupille, c'est ce qu'on espère tous, non ? Le corps inerte, la conscience qui s'évade dans un monde imaginaire, on n'est pas loin de la mort quand on rêve. Aussi bien être à mi-chemin, tant qu'à passer l'arme à gauche. Le voyage finirait plus vite, c'était certain. Il serait en compagnie de Myriam au retour, alors elle pourrait lui changer les idées. Ou peut-être que si le vol se passait bien, ça le guérirait de sa peur des avions. Ou à tout le moins, réduirait ses craintes.

Il aperçut, à deux tables de la sienne, un journaliste fort
connu qui bavardait avec une femme. C'était soit sa fille, soit
sa copine. Elle était largement plus jeune que lui, mais elle
était adulte, alors peu importait. Ça lui faisait drôle de voir
en personne un scribe qu'il adorait lire. Il voudrait lui parler,
lui dire à quel point il appréciait son travail, mais tout le
monde le faisait sûrement. Il ne serait qu'un autre quidam
qui le dérangeait au lieu de lui sacrer patience. Puis, il
repensa à son vol. Il était arrivé très tôt en espérant que
d'être ici le détendrait, que de regarder tous ces touristes qui
ne s'en faisaient pas plus qu'il ne le fallait lui permettrait de
relaxer. Mais en voyant les aiguilles de sa montre s'activer
pour lui indiquer qu'il ne restait que deux heures avant son
vol, il fut pris d'étourdissements. Nom de Dieu, il ne serait
jamais capable de s'y résoudre.

— Ça va, monsieur ? lui demanda le serveur.

— Oui, ça va, répondit Dupont en tentant malhabilement de paraitre en contrôle.

Même le journaliste le scrutait de loin, sentant que
quelque chose clochait avec lui. Dupont lui fit un signe de
tête qui ne lui fut pas rendu. Il détourna le regard, honteux.
On aurait dit qu'il sortait d'une douche, tant ses cheveux
étaient détrempés.

Il paya la note et saisit sa valise sur roulettes pour se
diriger prestement vers la salle de bain la plus proche. Il
appuya ses mains sur un lavabo et fixa sa silhouette dans le
miroir. Il était blême comme un fantôme et il avait les yeux
rouges comme s'il avait fumé trois joints de marijuana
consécutifs. Il y avait d'énormes cernes mouillés de sueur
sur sa chemise bleu pâle.

Les gens le regardaient bizarrement et c'était totalement justifié. Il avait l'air d'un type sur le point de faire un infarctus. Il s'isola dans une des cabines et ferma la porte. Il ouvrit sa valise d'appoint et fut heureux d'y trouver un t-shirt noir et une serviette. Il s'essuya le corps et s'épongea le visage et les cheveux. Il retira sa chemise et enfila le t-shirt. La douceur du tissu sec sur sa peau le calma. Il enroula sa chemise dans sa serviette et l'enfouit dans sa valise. Comme ça, les gens arrêteraient de le fixer. Il n'était pas du genre à vouloir attirer l'attention, alors il faisait tout en son pouvoir pour se fondre dans la foule. Il se sentait mieux ainsi.

Il sortit de la salle de bain, mais en tournant le coin, il entra en collision avec un homme de forte stature. Celui-ci s'excusa, mais quand il comprit à qui il avait affaire, son visage vira au rouge et ses traits devinrent menaçants.

— Regarde où tu vas, espèce de crétin.

— Désolé, je ne vous avais pas vu, répondit Dupont pour éviter toute confrontation avec cet homme baraqué.

L'autre l'observa pendant quelques secondes, qui lui parurent des minutes, comme s'il évaluait ce qu'il allait faire de lui, et il siffla une autre insulte entre ses dents serrées, puis le bouscula de nouveau d'un coup d'épaule avant de s'engouffrer dans la salle de bain.

Alain Dupont avait le cœur qui débattait, lui qui détestait la confrontation et la violence, il avait été servi. Il avait vraiment eu peur et il fut désespéré de se remettre à suer. Il empoigna la poignée de sa valise et se dirigea d'un pas précipité vers la porte d'embarquement soixante-quatre, où il prendrait son vol plus tard. Il se dit qu'en marchant rapidement, l'air le sécherait ou l'empêcherait de transpirer, il accueillerait les deux options avec plaisir.

La première porte d'embarquement qu'il croisa était la

cinq. Il soupira en réalisant qu'il en avait pour longtemps à marcher pour se rendre jusqu'à la sienne. Il voudrait seulement s'asseoir et enfiler ses écouteurs sans-fil et s'imprégner de musique relaxante en fermant les yeux. Il y avait beaucoup de monde sur son chemin, ce qui compliquait son avancée, lui qui avait l'habitude de se déplacer la tête basse, fixant le plancher. Il ne regardait jamais les gens dans les yeux quand il marchait. Son regard était planté vers le sol en s'en dirigeant du mieux qu'il pouvait vers sa destination.

Non, vraiment, il ne voulait pas attirer l'attention.

Il s'arrêta près de la porte trente-six pour acheter un café. C'était incohérent avec son ambition de dormir pendant le vol, mais il avait besoin d'un petit remontant et, surtout, il avait envie d'un bon café latté. Il arriva finalement à la porte soixante-quatre, où la moitié des sièges dans la salle d'attente étaient occupés. Ses jambes devinrent molles en voyant l'énorme carcasse du Airbus 320 immobile face à l'immense fenêtre du quai d'embarquement. Un passage en accordéon était déjà scotché sur le côté de l'appareil et un chariot élévateur glissait de lourdes palettes en bois emplies d'équipements et de victuailles par une autre porte.

Alain était incapable de concevoir qu'un si gros tas de ferraille puisse voler, surtout en considérant le poids de plus de trois cents personnes et de tous les bagages. Il s'assit sur un siège longeant l'allée et ferma les yeux. Il prit de profondes respirations et son rythme cardiaque s'abaissa.

Les préposés à l'embarquement n'étaient pas encore arrivés au kiosque d'accueil, et la télévision à écran plat derrière affichait le numéro du vol, AC810, la destination et l'heure attendue du décollage. Le vol était toujours dans les temps. Alain Dupont aurait préféré qu'il soit retardé, pour avoir plus de temps pour se convaincre d'embarquer. Ou mieux, que le vol soit annulé, pour lui donner une excuse pour ne pas rejoindre Myriam. Comme ça, ce ne serait pas sa faute et ça lui permettrait de gagner un peu de temps. Elle lui suggérerait de prendre un autre vol, bien sûr, mais la simple idée de l'annulation le satisfaisait pleinement. Sauf que ce n'était qu'une autre de ses lubies; le vol aurait bel et bien lieu. Ses mains tremblaient, comme s'il souffrait du Parkinson, et il sentait sa nuque s'humidifier. « Reprends sur toi, pour l'amour du ciel », se dit-il. Il empoigna ses écouteurs dans sa valise, optant pour sa liste de lecture de musique classique et posa son casque doucement sur ses oreilles. Il sourit en reconnaissant les premières notes de l'opus 62, Coriolan, de Beethoven. Il adorait la musique classique, ça lui venait de sa mère, une pianiste de talent qui avait choisi d'élever ses enfants au lieu de poursuivre son rêve de devenir une instrumentiste renommée. Elle disait qu'elle n'avait pas le talent nécessaire de toute façon, mais Alain n'en croyait rien. Elle avait l'oreille absolue et jouait magnifiquement bien.

Peu avant son décès, elle avait demandé qu'on lui apporte quelques-uns de ses CD préférés de Beethoven et de Mozart à l'hôpital. Puis, elle était partie comme ça, rejoindre les deux grands maestros dans la mort, surfant sur les partitions qu'ils avaient écrites deux cent cinquante ans plus tôt.

Dupont avait lu que Beethoven avait dédié l'opus Coriolan, vers 1807, à Heinrich Joseph von Collin, un auteur autrichien qu'il prisait. Alain tentait de s'imaginer la réaction de von Collin, la première fois qu'il avait entendu la mélodie en do mineur du grand maitre. Comme ce devait être magnifique et touchant. Dupont ouvrit les yeux et perdit immédiatement son sourire en voyant l'énorme armoire à glace avec laquelle il avait eu maille à partir à la salle de bain, un peu plus tôt. Il était debout, devant lui, et l'observait avec une rage contenue.

— Tu es assis à ma place, rugit-il d'une voix sombre.

Dupont fronça les sourcils, mais réalisa rapidement que l'homme cherchait la confrontation et il n'avait aucune intention d'entrer dans son jeu. Il obtempéra.

— Désolé, je croyais que la place était libre.

— Elle ne l'était pas. Dégage, espèce de connard.

Dupont ne comprenait pas d'où venait toute l'agressivité de ce mec à son égard. Il ne provoquait pas ce genre de réaction malsaine chez les gens, en général, alors que lui voulait ce type qu'il ne connaissait pas ? Il empoigna ses choses et quitta prestement sous les injures de l'homme. Sauf que maintenant, il n'y avait plus de siège disponible.

Dupont prit bien garde de fixer quiconque dans les yeux et se dirigea lentement vers un mur plus loin, puis s'assit par terre et reposa ses écouteurs sur ses oreilles. Il soupira longuement et remarqua un enfant d'environ cinq ans qui l'examinait de ses yeux doux. Alain lui sourit timidement et l'enfant lui rendit son sourire. Le gamin portait un costume trois-pièces avec cravate. Ce genre d'accoutrement chez les jeunes garçons lui foutait la poisse. Il ne savait pas pourquoi, mais ces enfants le terrorisaient. De toute façon, qui habille ses enfants comme ça avant de prendre un vol ? C'était n'importe quoi.

Alain paniqua soudainement à l'idée que l'homme enragé soit son éventuel voisin de siège. Si c'était le cas, il sortirait de l'appareil. Il était hors de question de subir les foudres de ce mastodonte qui avait une dent contre lui pour une raison qu'il ignorait. Bien sûr, il était entré en collision avec lui, mais ce sont des choses qui arrivent. À la limite, il pouvait comprendre qu'il soit fâché, sur le coup. Mais de l'être encore presque trente minutes plus tard ? C'était très bizarre.

L'enfant l'étudiait toujours, le visage impassible. Dupont détourna les yeux mais le garçonnet bougeait comme s'il voulait absolument demeurer dans son champ de vision. Quand Dupont regardait sur sa gauche, le petit homme étirait le cou vers sa droite. Alain l'observa à nouveau, l'air perplexe, et le gamin se rassit en ne le lâchant pas des yeux. Alain lui sourit encore une fois, puis, il ressentit un frisson d'effroi lui traverser l'échine.

Le petit garçon avait de minuscules dents pointues et la bouche maculée de sang.

4

———————

Appuyé contre une colonne en métal près de la porte soixante-quatre, Michel Madison savourait une pâtisserie à la framboise en observant les gens qui attendaient leur vol. Il adorait étudier le comportement des foules en restant un peu en retrait.

L'humain le fascinait dans toute sa grâce, mais surtout dans tous ses travers. Il avait déjà identifié quelques figures qui ressortaient du lot, mais il les scrutait tous. Il prisait les individus qui exploraient le monde. C'était une qualité à laquelle il accordait beaucoup d'importance. Il aimait les gens curieux, prêts à prendre des risques pour élargir leurs horizons et s'imprégner des pans de culture.

Il était intéressé par quelques personnes en particulier, mais surtout par Alain Dupont, celui par qui tout ce voyage passait. Madison le surveillait avec un air amusé sur le visage. Ce type était sur le point de faire une crise de panique ou de carrément s'effondrer. Il était comme un chevreuil devant des phares de voiture en plein centre d'une autoroute. Totalement hors de son élément, hors de sa zone de confort.

Madison était aussi intrigué par un autre homme, plus grand et costaud, qui était visiblement hors de lui, également sur le point d'exploser. Michel Madison froissa l'emballage de sa danoise et la lança dans une poubelle à proximité. Il sourit à une femme qui lui jeta un regard furtif et s'approcha de l'homme en furie.

— Excusez-moi, vous avez l'heure ?

L'homme l'observa d'un air sévère, sur le point de lui répliquer agressivement en pointant l'écran devant lui qui affichait l'heure en gros caractères, mais en voyant la figure de Madison, il se tut.

Il contempla les autres autour de lui, et revint vers Madison qui attendait toujours la réponse en souriant, bien que tous deux savaient que c'était une question rhétorique. Le visage de l'homme se détendit et il croisa les jambes en ouvrant le magazine qu'il tenait sur ses cuisses.

Madison lança un regard vers Alain Dupont, par terre à l'autre bout de la salle, le dos appuyé contre un mur. Il était totalement horrifié.

Il marcha ensuite tranquillement vers la grande fenêtre qui donnait sur l'avion dans lequel il embarquerait dans quelques instants avec tous les gens assis dans la salle d'attente. « Quel appareil majestueux », pensa-t-il. Il en avait vu de toutes les sortes, dans sa longue existence.

Il avait l'impression d'avoir vu l'humanité prendre naissance sous ses yeux. Ça avait tellement évolué, c'était prodigieux. Mais l'Homme lui donnait beaucoup de travail aussi, beaucoup de matière à manipuler.

Madison ouvrit son sac à dos et sortit une bouteille d'eau qu'il avait achetée en même temps que sa pâtisserie. Il prit une lampée du liquide froid et se sentit immédiatement désaltéré. Il s'était assis sur la bordure de la fenêtre à côté d'autres personnes qui n'avaient pas eu la chance d'être arrivées lorsqu'il y avait des bancs disponibles.

Une petite femme dans la soixantaine tenta de s'assoir sur le rebord de la fenêtre, mais n'y arrivait pas. Madison dévisagea un homme qui avait déposé son sac à dos sur le siège d'à côté jusqu'à ce qu'il lui rende son regard. Les deux se scrutèrent pendant quelques secondes jusqu'à ce que Madison tourne ensuite les yeux vers la vieille dame et revienne vers lui. L'homme aussi fixa la femme, puis se leva pour la rejoindre. Il lui chuchota quelque chose à l'oreille et elle sourit. L'homme retourna s'assoir en contemplant furtivement Madison qui riait. Il saisit son sac à dos, et le déposa entre ses pieds. La femme s'approcha et prit place sur le siège maintenant libre à ses côtés. Elle le remercia et il lui sourit.

Madison regarda à nouveau vers Dupont, qui cherchait à éviter tout regard. Il ne remarqua pas que Madison l'examinait. Puis, il se leva et disparut dans la salle de bain plus loin, dans un couloir entre les portes soixante-quatre et soixante-six.

Dupont était passé près de l'homme imposant en chemin, Madison n'avait pas remarqué de changement dans la physionomie de ce dernier. Par contre, Dupont, lui avait lancé un regard inquiet. Madison eut un rire sec, et vit une femme portant un uniforme du transporteur en train de s'installer derrière le podium à l'accueil.

Il s'agissait d'une femme autour de la mi-quarantaine, les cheveux noirs frisés qui lui allaient tout juste sous les épaules. Elle semblait à son affaire malgré son visage dur. Madison se leva pour se délier les jambes et la salua au passage. Elle leva les yeux et lui sourit. Madison se demandait ce que faisait Alain Dupont dans la salle de bain alors que tous étaient sur le point d'embarquer dans l'appareil.

Dupont était très contrarié, comme s'il livrait un combat intérieur. Comme le grand voyageur qu'il était, Madison avait souvent vu cette terreur sur le visage de ceux qui ont peur de l'avion. C'était clairement le cas de Dupont. Madison devait trouver un moyen qu'il revienne et qu'il se calme.

Parce que s'il y avait une certitude, c'est que Alain Dupont devait absolument monter à bord de cet avion.

5

————

Dupont était retourné s'asperger le visage d'eau froide dans
une salle de bain adjacente. Il devait reprendre son calme,
car tout semblait partir en vrille. Visiblement, son esprit se
créait des histoires, lui faisait voir des choses qui n'existaient
pas. Le contact de l'eau fraîche l'avait saisi et ramené à de
meilleurs sentiments. Il ricana en apercevant son air dépité
dans le miroir. « Ouais, ben, t'es vraiment en train de te
désintégrer en pièces, mon vieux », se dit-il. Il convint de
s'asseoir au petit café pas très loin de sa porte d'embarquement, d'où il pourrait entendre l'appel aux passagers. Tout
faire pour ne pas se mêler à la foule qui le rendait mal à
l'aise. Il ignorait pourquoi, mais c'était comme si une
énorme pression pesait sur lui quand il était près d'eux,
comme si un danger imminent planait au-dessus de leurs
têtes. En tout cas, il planait au-dessus de la sienne.

Il évita d'observer les avions immobilisés à l'extérieur de
peur que son esprit s'emballe encore, et ferma les yeux pour
un exercice de visualisation. Il s'imagina en train d'entrer
dans l'appareil en regardant droit devant lui. Il voyait des

personnes heureuses d'être là, calmes et affables qui ne s'inquiétaient pas qu'une catastrophe puisse survenir en plein vol. Il visualisait les hôtesses de l'air, armées de leur immense sourire, qui lui souhaitaient la bienvenue à bord et lui indiquaient où se trouvait son siège. Puis, il sursauta en laissant sortir un hurlement sec. Il regarda autour de lui et réalisa que les gens le dévisageaient. Il tenta un sourire en serrant les lèvres pour les rassurer. C'est que l'instant d'un moment, il avait aperçu la physionomie des passagers de sa visualisation se tordre, alors qu'au départ, elle était douce et accueillante. Puis, leurs iris étaient devenus noirs comme la nuit. C'était comme si toutes ces têtes s'étaient détachées de leurs corps et s'étaient retrouvées dans un charnier, le fixant de leurs yeux sombres, implorant son aide.

Comme dans son cauchemar.

C'était un signe. Il ne pouvait pas prendre cet avion. Jamais il n'avait vécu une telle sensation d'horreur. Un malheur l'attendait, c'était indéniable. Ses jambes tremblaient sans qu'il ne puisse y faire quoi que ce soit. Les bruits ambiants emplissaient ses oreilles, il n'entendait que les sonorités basses des voix, comme des murmures qui résonnaient dans un puissant écho.

Dupont posa ses mains sur ses oreilles et scanna l'endroit du regard, cherchant une issue, ou quelque chose qui le calmerait, qui le ramènerait à la réalité. Quelque chose qui stopperait les foutues images d'horreur que son cerveau lui projetait. Puis, il s'empara de sa petite mallette sur roulettes et la traina derrière lui prestement pour retourner vers sa porte d'embarquement. Une dame vêtue aux couleurs du transporteur était concentrée à fouiller dans des papiers. Il la rejoignit.

— Madame, désolé de vous déranger, mais je ne peux

pas prendre ce vol. Est-ce qu'il y a un moyen de récupérer ma valise ?

La femme le dévisagea comme s'il était en train de lui demander la chose la plus stupide jamais énoncée dans l'histoire de l'humanité. Pourtant, ça ne lui paraissait pas être une requête hors du commun. Il n'était sûrement pas le premier à avoir empêchement de dernière minute.

— Monsieur, il est trop tard pour retirer les bagages, ils sont déjà dans l'appareil et nous allons amorcer l'embarquement dans les prochaines minutes.

— Non, vous ne saisissez pas. Je ne peux pas partir. Il me faut ma valise.

La petite femme aux cheveux frisés foncés durcit le regard en prenant bien soin de parler pour bien se faire comprendre.

— Monsieur. Il est hors de question de sortir votre valise. Si je peux vous garantir une chose, c'est que votre valise va faire le voyage jusqu'à Las Vegas. À vous de décider si vous l'accompagnerez ou pas.

Dupont était très agité et s'était remis à transpirer à profusion.

— J'ai des effets personnels dont j'ai absolument besoin, madame. Vous ne comprenez pas, je dois à tout prix...

Elle leva la main.

— Monsieur, je vais vous demander de vous déplacer sur le côté, je vais procéder à l'embarquement. Ensuite, nous pourrons remplir une réclamation pour que votre valise soit dans le prochain vol de Las Vegas vers Montréal. Vous pourrez la récupérer à son retour.

— Ce vol aura-t-il lieu aujourd'hui ? dit Alain Dupont d'une voix la plus neutre que possible.

La femme soupira alors qu'un confrère arriva près d'elle.

En voyant Dupont, le jeune homme grand et élancé demanda à sa collègue si tout allait bien. Elle lâcha un regard vers Dupont qui baissa les yeux.

— Oui, ça va, dit-elle au bout de quelques secondes. Je vais vérifier pour le monsieur quand le vol de retour est prévu afin qu'il puisse récupérer sa valise. Il dit qu'il ne peut pas prendre cet avion.

Elle tapota sur son clavier à une vitesse prodigieuse tout en serrant la mâchoire. Elle se serait bien passée de ce contretemps. Elle avait autre chose à foutre que de se préoccuper d'un homme dans le début de la cinquantaine, incapable de se gérer. Elle informa Dupont que le vol de retour était prévu pour le lendemain en début d'après-midi. Il pourrait alors récupérer sa valise au tourniquet assigné à ce vol. Elle lui demanda une nouvelle fois de se tasser sur le côté, qu'elle s'occuperait de lui ensuite.

Dupont obtempéra et s'assit sur un des bancs en cuir bleu de la salle d'attente, parce que plusieurs personnes s'étaient levées pour faire la file en prévision de l'embarquement. Dupont trouvait le procédé étrange, puisque chacun avait déjà sa place réservée, mais il n'avait pas le temps de penser à ça, il lui fallait une solution à son problème, et plus tôt que tard. C'était un important souci, qu'il ne puisse pas récupérer sa valise immédiatement. Premièrement, son manteau était dans cette valise, mais aussi son ordinateur portable. Il n'avait gardé avec lui que sa tablette iPad et sa liseuse numérique.

Il observa les gens dans la file et son regard croisa celui de l'homme qui semblait toujours lui en vouloir à mort pour un incident des plus inoffensifs. Merde, n'allait-il pas lui foutre la paix, une fois pour toutes ? Pourquoi s'acharnait-il sur lui, pour l'amour du ciel ? Il s'était excusé mille fois de l'avoir bousculé.

Mais ce qui surprenait le plus Alain Dupont, c'était que plusieurs personnes derrière cet homme le dévisageaient avec autant de ressentiment. Ce connard devait avoir raconté ce qui s'était passé à qui voulait bien l'entendre. Ce que les gens pouvaient faire des drames avec rien. Bon Dieu de merde. Ce n'était pas comme s'il avait essayé de le tuer non plus, ou qu'il avait insulté sa mère.

Dupont lança un regard derrière lui, vers le fond de la salle où il était assis auparavant, et sursauta en apercevant au loin le petit garçon en complet, agenouillé sur son siège qui le fixait intensément. Qu'est-ce que c'était que cette connerie ? Bien que c'étaient deux problèmes différents, Dupont y voyait des similitudes.

Deux personnes éloignées physiquement l'une de l'autre n'ayant visiblement aucun lien ne pouvaient pas lui souhaiter du mal en même temps. À moins que le matamore se fût plaint de lui à ses parents ? Mais non, c'était ridicule. Les deux étaient à des sections opposées de la salle. Qu'est-ce que le petit garçon lui voulait, à ce moment-là ? Dupont n'avait rien de singulier pour attirer l'attention de quiconque. Il n'était pas particulièrement beau, il n'avait pas de signes distinctifs pouvant captiver un gamin. Il avait un peu de surpoids et était habillé en beige. Tout pour passer inaperçu. Alors pourquoi ce garçon était-il si fasciné par lui ? Et pourquoi avait-il du sang dans la bouche ? S'était-il mordu ? Avait-il les gencives malades ?

Il se retourna rapidement en entendant la femme aux cheveux noirs inviter les gens de la section affaires, ainsi que ceux avec un handicap ou avec des enfants, pour un embarquement prioritaire.

Dupont savait qu'il y avait cinq zones dans l'avion, pour l'avoir lu sur une affiche accrochée à un poteau délimitant deux accès vers la station d'embarquement.

Il consulta son billet et se rappela qu'il était dans la zone deux, siège 22-A.

Il avait demandé une place sur le bord d'un hublot, même s'il n'avait aucunement l'intention de regarder à l'extérieur. Il paniquerait d'observer l'appareil grimper dans les airs au point où tout ce qu'il y avait au sol deviendrait minuscule comme une ville sur une maquette. Il avait choisi ce siège, car il voulait pouvoir s'appuyer la tête sur le mur près de la fenêtre miniature et dormir. Il aurait auparavant pris soin de baisser le clapet en plastique du hublot pour ne le rouvrir qu'une fois à l'aéroport de Vegas.

Il eut le temps de décompresser pendant que les gens dans les zones un et deux prenaient place à bord, non sans lui avoir lancé des regards furtifs. L'homme agressif était déjà entré dans le tunnel, alors il n'était clairement pas assis avec lui. Ça le rassurait. Enfin, un premier élément positif depuis son arrivée.

La femme de la compagnie aérienne appela la zone trois au micro, mais Dupont resta immobile. Son cœur débattait et les idées s'entrechoquaient dans sa tête. Alors que d'un côté, il se disait qu'il allait embarquer, de l'autre, il ne voyait pas comment il pourrait le faire. Puis, il songea à Myriam et se sentit faiblir. Quand il pensait à elle, il en venait à croire qu'il y aurait un malheur. Soit une rupture à cause de son incapacité à prendre un avion comme un humain normal, soit il serait prisonnier de ce long tube en métal qui se propulserait trente-cinq mille pieds dans les airs. Ne restait plus qu'à décider lequel de ces deux poisons il allait choisir.

Et il y avait aussi cette foutue valise qui reviendrait seulement le lendemain, le privant de son ordinateur et d'autres trucs dont il aurait du mal à se passer. Et ça, c'était s'ils renvoyaient vraiment sa valise sur le prochain vol. Et si elle se tournait en rond pendant des heures dans le tourniquet à Las Vegas pour ensuite se retrouver aux objets perdus ? Si quelqu'un s'en emparait en pensant qu'elle était abandonnée dans le carrousel ? Dupont réalisa qu'il se rongeait les ongles avec une inquiétante ardeur.

Et puis merde, il fallait qu'il reprenne sur lui-même, il n'était tout de même pas un enfant. Il souhaitait voir Las Vegas depuis toujours, il voulait que ça fonctionne avec Myriam et ne désirait pas passer les prochains jours à attendre sa valise comme un con.

D'un geste qui le surprit lui-même, il se leva et se plaça derrière la dernière personne dans la file. Il lança un nouveau regard derrière lui, l'enfant n'était plus là. Une autre bonne nouvelle. Finalement, c'était sûrement son imagination qui lui jouait des tours. Il paniquait pour rien. L'esprit peut vous faire croire des choses insensées pour se protéger, vous faire croire à des lubies. C'est ce que les gens qui font des hallucinations doivent vivre. Et c'était probablement ça qu'il avait; des hallucinations. L'homme imposant était réel, toutefois, mais le petit garçon avec la bouche ensanglantée ? Clairement son imagination.

Il tendit son bordereau d'embarquement à la petite dame à l'air sévère qui l'épia longuement.

— Vous avez changé d'idée ?

— Oui, et désolé pour tout à l'heure.

Elle continua de l'observer, tracassée. Elle empoigna le passeport de Dupont et le scanna dans son ordinateur. Elle regarda l'écran pendant quelques secondes, puis se tourna vers lui.

— Vous n'allez pas nous causer des ennuis pendant le vol, n'est-ce pas, monsieur Dupont ?

Alain fronça les sourcils.

— Mais non, vous n'avez vraiment pas à vous inquiéter, je suis doux comme un agneau, dit-il en forçant un sourire qui ne lui fut pas rendu.

— Avez-vous consommé de l'alcool ?

— Non, répondit Alain, surpris par la question.

— Vous êtes sûr, monsieur Dupont ? demanda la femme d'un ton sec.

— Bien sûr que je suis certain, j'ai bu deux bouteilles d'eau gazéifiée, c'est tout. Je suis abstinent depuis des années.

La femme le scruta toujours, alternant entre lui et son passeport.

— Vous savez que les lois aériennes sont sévères pour quiconque cause des ennuis pendant un vol ?

— Je vous jure que je ne causerai pas d'ennuis. Je vais à Las Vegas pour me détendre et rejoindre ma copine. Je compte faire un somme pendant le vol et me réveiller là-bas. Je n'ai pas l'intention de provoquer quelques soucis que ce soit.

Des personnes dans la file s'impatientaient alors que d'autres changeaient de côté pour passer par le jeune homme qui traitait les gens plus vite qu'une caissière à l'épicerie.

— D'accord, monsieur Dupont. Je vous fais confiance.

Elle scanna son bordereau et le lui rendit en l'insérant dans son passeport

— Bon vol, dit-elle d'une voix plus douce.

Dupont la remercia en l'affublant d'un sourire crispé et se dirigea vers la passerelle pour rattraper les autres en soupirant. Il sentit ses jambes défaillir une nouvelle fois, et pesta contre son incapacité à se détendre. Il avait mis ses écouteurs autour de son cou et vérifia que son iPhone était encore dans sa poche droite. Il rejoignit le groupe dans le tunnel qui attendait d'entrer dans l'appareil et en profita pour ranger ses papiers dans sa petite valise. Comme lors de son réveil la nuit précédente suite à son cauchemar, il sentait toujours qu'on le surveillait. Comme si quelqu'un épiait ses moindres faits et gestes. Il n'était pas habitué à attirer l'attention ou à susciter la curiosité de quiconque. Il se convainquit que les autres percevaient sa nervosité, et que c'est ce qui les embêtait.

Dupont analysa la masse de gens devant lui et ne vit personne qui l'observait. Il prit une profonde respiration. Visiblement, ce vol le rendait anxieux au point d'imaginer des choses. Il devait reprendre sur lui, surtout en considérant qu'il avait atteint le point de non-retour.

Il allait prendre ce vol. Il n'avait plus le choix.

Pour le meilleur ou pour le pire.

6

Dupont avançait tranquillement vers l'entrée de l'avion. Deux hôtesses de l'air vérifiaient la carte d'embarquement de chaque passager et leur indiquaient l'allée à prendre pour se rendre à leur siège. Chaque pas vers l'avant lui ajoutait un niveau de stress. Dupont regarda promptement derrière lui pour évaluer ses options, mais réalisa en un instant que la file était plutôt longue. Impossible de retraiter sans paraitre pour un parfait imbécile. Et il y avait toujours cette foutue valise irrécupérable qui posait problème.

Il se revoyait chez lui, à se demander s'il devait garder son laptop avec lui dans son bagage de cabine ou le laisser dans sa grosse mallette. Sa décision de choisir la deuxième option était la source de ses soucis, maintenant qu'il voudrait rebrousser chemin. Il observa les agentes de bord devant et fit tout en son pouvoir pour se calmer. « Tout le monde a l'air serein, l'équipage est souriant et en paix, ressaisis-toi. » Il avait tout de même le cœur qui débattait, il ne pouvait pas le contrôler, malgré tout ce qu'il pouvait se dire pour se rassurer.

Soudainement, quelque chose d'anormal attira son attention; l'embrasure en métal donnant accès à l'appareil apparaissait inégale, plus élevée d'un côté que de l'autre. Il lui avait pourtant semblé qu'elle était parfaitement symétrique, quelques secondes plus tôt. Puis, les deux côtés de la partie supérieure s'élargirent tranquillement et s'étirèrent en longueur. Dupont lorgna les gens autour de lui, mais personne ne voyait ce qu'il voyait. Il regarda à nouveau vers l'entrée, et c'était clair comme le jour, le contour de l'entrée se transformait maintenant en un large sourire machiavélique et tout devint sombre. Il lâcha un cri aigu en sentant une main se poser sur son épaule.

— Ça va, monsieur ?

Un homme au visage paisible l'examinait d'un air inquiet. Dupont hocha la tête en tentant un rictus qui ressemblait plutôt à une grimace, puis passa sa main sur son front imbibé de sueur. Il regarda à nouveau vers l'embrasure de l'appareil et son contour était de nouveau symétrique. Il n'y avait qu'une explication plausible pour interpréter ce qui venait de se produire : son anxiété le faisait halluciner. Il respira profondément en fermant les yeux. « Allez, merde. Reprends sur toi. »

Il était le prochain à entrer dans l'avion et tendit son billet aux agentes de bord d'une main tremblotante. La jolie femme au corps élancé et aux longs cheveux blonds savamment attachés en toque perdit son sourire en lisant sa carte d'embarquement. Elle le fixa d'un œil sévère et lui indiqua sèchement où trouver sa place. Puis, elle regarda l'individu derrière lui et retrouva sa bonne humeur. Rien pour réconforter Dupont, qui avait besoin que les choses reviennent à la normale le plus rapidement possible. Il en avait soupé des personnes avec leurs réactions étranges. Il avait envie de routine, il avait envie qu'on le prenne en main et qu'on le rassure.

Il évalua que l'agente de bord l'avait abordé avec mépris, car l'employée dans la salle d'attente avait dû les aviser de son comportement bizarre pendant qu'il attendait en file. Elle avait dû les prévenir qu'il risquait de leur causer des problèmes, et d'avoir l'œil sur lui. Les agentes de bord étaient probablement déjà sur leurs gardes en ce qui le concernait. Dupont pensait à tout ça en patientant pour que l'homme devant lui place sa valise dans le compartiment du haut. Il inspira encore une fois profondément, puis le passager le dévisagea furieusement.

— Ça va, les soupirs ? Est-ce que je peux prendre le temps de ranger mes trucs, connard ?

Alain Dupont écarquilla les yeux, ignorant pourquoi cet homme était agressif envers lui sans explication. Il s'assura de ne démontrer aucun signe d'animosité en lui répliquant.

— Mais non, je ne soupirais pas, je prenais de grandes respirations parce que je suis nerveux, tout simplement. Je n'aime pas l'avion.

— Ouais, ben c'est pas une raison pour faire chier tout le monde.

Dupont crut qu'il était préférable de ne pas répondre et détourna le regard. Il croisa celui d'une femme assise à sa droite qui l'observait d'un air tout aussi belliqueux. Pour être tout à fait honnête, tous les passagers le dévisageaient avec amertume. En se tournant pour regarder derrière, il constata que même ceux qui le suivaient lui réservaient le même traitement, comme si tous lui voulaient du mal.

Dupont fut pris de vertiges et s'appuya sur le banc à sa gauche, au grand déplaisir de celui qui l'occupait. L'homme, qui avait terminé de remiser ses choses, s'était assis furieusement en ne le lâchant pas des yeux. Dupont l'ignora et avança pour rejoindre l'autre groupe devant. Les imprimés sous les compartiments de bagages indiquèrent 16 A-B à sa droite, et 16 D-E-F à sa gauche. Plus que sept rangées avant la sienne. Il sentait ses jambes qui tremblaient à tel point qu'il pensa s'effondrer. Est-ce que ces gens pouvaient s'activer, pour l'amour du ciel ?

Un scintillement rapide attira son attention près d'un des compartiments à bagages. Sous quelques valises, se trouvaient quatre bâtons de baseball en aluminium. Dupont fronça les sourcils, surpris qu'on laisse les gens apporter ces objets longs et lourds qui n'étaient d'aucune utilité dans un vol d'avion. Pire, ils pouvaient servir d'arme. Pourquoi ne pas les avoir enregistrés et mis dans la soute à bagages ? Mais comme il n'était pas un habitué, il pensa que c'était peut-être normal. Il jeta des coups d'œil furtifs vers les personnes déjà assises à sa droite et il fut contrarié de constater qu'elles le dévisageaient, elles aussi. Tout ça n'avait aucun sens. Pourquoi ces gens qu'il ne connaissait ni d'Ève ni d'Adam le détestaient-ils tant ? Que lui voulaient-ils ?

18 A-B.

Il crut qu'il ne se rendrait jamais jusqu'à sa place, à ce rythme-là. Il scruta l'ensemble des passagers pour la première fois pour analyser la configuration de l'appareil. Il y avait trois rangées de sièges au total. Une de deux sièges de chaque côté, longeant les hublots, puis une rangée de trois sièges en plein milieu à perte de vue. Tellement que ça lui donna le vertige. Comment cet avion si lourd pourrait-il s'envoler avec tout ce monde à bord ? L'appareil qu'il avait pris lorsqu'il était jeune était plus petit. Dans son souvenir, il y avait deux rangées de deux sièges, au total. Cet appareil était monstrueux. C'était physiquement impossible que ce mastodonte s'élève jusqu'à trente-cinq mille pieds dans les airs. Et pourtant, c'était le cas.

20 A-B. Plus que deux rangées.

Un énorme gaillard lui bloquait le chemin, Dupont attendit patiemment qu'il termine de sortir ses choses du sac qu'il avait inséré dans le compartiment de bagage, et qu'il se rassoie. Il fit gaffe de fixer le plancher devant lui, surtout ne pas le regarder dans les yeux. Surtout, ne pas soupirer. Puis, le type se tourna et Alain sentit ses jambes ramollir. C'était l'homme de la salle de bain. Il n'était pas censé être en classe affaires ? Il était entré avec la première vague de passagers. Il ne comprenait plus rien, mais ça n'avait plus d'importance, étant donné que le visage de l'homme passa de neutre à furax, rougissant rapidement comme s'il était sur le point d'exploser. Dupont voulut reculer d'un pas, mais quelqu'un lui bloquait le chemin derrière. Il se dit que cet homme ne l'attaquerait pas dans cet avion, devant tout ce monde. Malgré tout, il était terrifié. Alain ne s'était pas battu souvent dans sa vie, et il avait tout fait pour éviter les confrontations dans le passé.

— Ouais, c'est ça, regarde ailleurs, pédale, cracha l'individu d'un sourire mauvais avant de s'assoir.

Alain ne réagit pas. Il se foutait de se faire traiter de tous les noms, c'était inoffensif. Ce n'était pas quelque chose qui le dérangeait vraiment, et il préférait de loin une insulte à un coup de poing en pleine figure.

Une fois le corridor libéré, il avança. Il avait si hâte de s'assoir pour passer à autre chose. Il voulait disparaitre dans son siège et qu'on oublie qu'il existe. Rendu au 22 A-B, il fut soulagé que son banc soit situé directement à côté d'une des sorties de secours. Myriam l'avait bien conseillé, ça valait la peine de payer une surprime pour bénéficier de plus d'espace pour les jambes. Il posa sa valise dans le compartiment à bagages au-dessus des sièges en prenant soin de conserver ses écouteurs et sa liseuse électronique.

Puisqu'il avait tout en main pour se divertir pendant le trajet, il se cala dans son banc et planta son regard à travers le hublot. Le temps était superbe, il était 18 h 31 et il faisait encore clair. C'était comme un baume sur son moral après un hiver où le soleil se couchait vers 16 h tous les jours pendant des mois.

Son vol durait environ six heures, mais il rattraperait trois heures de décalage horaire en arrivant dans le Nevada. Ça signifiait donc qu'il serait à Las Vegas tout juste pour 22 h. Myriam l'attendrait au bar principal de l'hôtel, ils iraient ensuite manger avec deux de ses collègues avant de se coucher. Alain regrettait d'avoir accepté ce plan, puisqu'il anticipait d'être exténué une fois là-bas. Mais s'il réussissait à somnoler un peu en chemin, peut-être pourrait-il récupérer suffisamment d'énergie pour passer la soirée sans avoir l'air d'un zombie. Il avait du mal à dormir dans les transports, mais il avait tout ce qu'il fallait pour le faire : une petite couverture posée sur le dossier de son siège, et des cache-yeux fournis dans un sac de cellophane transparent.

Il admirait toujours l'extérieur quand il sentit une présence à sa droite. Un homme dans la mi-cinquantaine, souriant, et au visage avenant le regardait avec candeur.

— Bonjour, c'est ma place. Vous voyez ? 22-B

Alain se demandait pourquoi il lui montrait son billet, il l'aurait cru sur parole, il n'avait aucune raison de contester. Mais il était tout de même heureux que son voisin de siège soit un type en apparence agréable. Il souhaitait seulement qu'il ne cherche pas à bavarder tout le long du vol. Alain détestait le bla-bla inutile, parler pour ne rien dire. D'autant plus qu'il voulait dormir et récupérer l'énergie dont il aurait besoin. Il souhaitait ne pas avoir à l'intimer de lui foutre la paix.

L'homme tendit la main.

— Enchanté, Michel Madison.

— Alain Dupont, répondit-il en insérant sa main dans la sienne.

La main de Madison était rugueuse et la poigne était si solide qu'Alain Dupont grimaça. Il avait en horreur ces gens qui vous écrasent les doigts en vous serrant la main. Bon Dieu, ne savaient-ils pas que ce n'est pas comme ça qu'on se présente à quelqu'un ? Que ça donne une mauvaise première impression ! Même chose pour ceux qui tendent une main molle et moite, comme si vous empoigniez la patte d'un poulet mort.

Alain planta ses yeux dans ceux de l'homme et fut obnubilé par le bleu azur de ses pupilles. Une décharge électrique traversa son bras jusque dans le bas de son dos, le faisant sursauter et lâcher prise. Alain regarda Madison, qui souriait toujours en l'observant, comme s'il était capable de lire dans son âme. Dupont se sentit envahi par la présence et la prestance de cet homme, comme s'il le retranchait dans un coin en le surplombant de son aura majestueuse.

— Eh bien, mon cher Alain, dit Michel Madison avant de se retourner pour ouvrir son sac qu'il avait glissé sous le banc devant lui, j'ai l'impression qu'on va avoir un vol très palpitant.

Dupont fut surpris par cette réplique de Madison. Pourquoi mentionner que le vol serait palpitant ? Qui disait ça ? Un vol, c'était un vol, non ? Mais bon, Dupont ne s'en formalisa pas.

Michel Madison reluqua les gens autour de lui en leur

souriant et se présentant. Ce gars était beaucoup trop sociable au goût d'Alain, mais il dut avouer que ça le confrontait à ses propres inaptitudes interpersonnelles, à ses tares sociales qui l'avaient affecté toute sa vie.

Alain Dupont était brun aux yeux bruns avec une calvitie beaucoup trop avancée à son goût, même s'il n'était pas un laideron. Madison avait les cheveux châtains aux tempes grisonnantes, et, hormis ses yeux bleus perçants, il était assez grand sans être un géant. Du type longiligne d'un coureur de fond.

Il semblait totalement à l'opposé d'Alain Dupont, autant physiquement que dans sa personnalité. Mais ce dernier ne pouvait s'empêcher d'être troublé par ce qu'il avait ressenti en rencontrant Michel Madison.

À quel point sa main était froide !

7

Myriam Gagnon sirotait un martini cosmopolitain au bar de l'hôtel Paris à Las Vegas. Elle venait de terminer sa dernière journée de conférence sur les ventes dans le domaine des technologies de l'information. Enfin, elle commençait à trouver le temps long; une semaine à écouter des gens parler de plein de sujets intéressants et variés. Sauf que ça demandait une concentration à toute épreuve, qualité qu'elle ne possédait pas en toute circonstance.

Son esprit partait parfois à la dérive pendant de longues minutes pour qu'elle se rende compte ensuite qu'elle n'avait pas saisi une importante portion de ce que l'orateur avait dit. Elle devait fournir un effort concerté pour bien entendre, à prendre des notes.

Ses patrons avaient investi des sommes non négligeables pour qu'elle acquière des connaissances et qu'elle revienne la tête pleine d'idées utiles pour l'entreprise. Elle leur devait au moins de se forcer pour absorber le plus d'information possible. Que ce voyage permette d'apporter de la valeur à l'organisation. Elle bossait comme représentante des ventes pour un des gros joueurs des technologies canadiennes et elle était fière d'y œuvrer depuis vingt ans. Elle était environ au milieu de sa carrière et tout se passait comme elle l'avait planifié.

C'était moins vrai du côté amoureux. Elle avait trente-huit ans et toujours aucune relation stable. Elle n'avait pas d'enfant et sentait que son horloge biologique s'activait, comme pour lui rappeler que le temps pressait si elle voulait fonder une famille. Rendue au point où elle était dans sa vie, elle se questionnait sur son besoin d'avoir des petits marmots. Dans un sens, elle était bien toute seule, juste à penser à elle et à progresser dans sa carrière. Mais elle ne se voyait pas finir ses jours sans descendants non plus.

Elle venait de rencontrer un homme gentil, mais troublé. Un mécanicien qui était très avenant, mais taciturne. Une personnalité aux antipodes de la sienne, elle qui était extra-vertie et appréciait la compagnie des gens. On dit que les contraires s'attirent, mais pour elle, Alain Dupont était surtout un trip physique et non psychologique. Il était très bon amant, assez bel homme, et avait l'air d'avoir dix ans de moins que ses quarante-et-un ans, avec son corps mince et découpé. Il n'était pas imposant comme un culturiste, mais ses muscles étaient apparents.

De toute façon, elle avait en horreur ces narcissiques du gym qui se shootent aux stéroïdes. Souffrant d'un début de calvitie, Alain avait un visage rigide et vulnérable à la fois. Myriam ne se l'avouait pas, mais son instinct maternel la poussait à vouloir le sauver de la misère, le sortir de son cauchemar. Elle souhaitait qu'il soit heureux, qu'il ait enfin une belle vie. Elle désirait le prendre dans ses bras et l'assurer que tout irait bien, maintenant qu'il était avec elle.

Il pouvait prendre son envol.

Dans le passé, elle s'était amourachée de mecs qui lui ressemblaient, souvent rencontrés dans le cadre de son travail. Ça ne fonctionnait jamais longtemps avec eux, à tel point que Myriam s'était convaincue de sortir des sentiers battus. De viser un compagnon qui ne viendrait pas de son milieu, un homme qui serait plus manuel qu'intellectuel. Un homme d'une autre classe sociale. C'était exactement ce qu'Alain représentait; un mécanicien qui gagnait bien sa vie, même si elle faisait largement plus d'argent que lui; un homme plutôt réservé, moins extravagant, moins tape-à-l'œil.

Il était séduisant, mais ne prenait pas soin de son apparence au point de s'enduire le visage de crème de nuit avant de se coucher, ou de se faire blanchir les dents ou de se faire bronzer. C'était un garçon brut, sortant tout droit de sa caverne, à mille lieues de la superficialité de ses anciens amours.

C'était ce qui la branchait chez lui, un homme, un vrai. Pas un homme alpha, mais un mec dans sa plus simple définition. Le genre capable de travailler de ses mains, à la dure et à la sueur de son front et, surtout, qui n'avait aucune envie de lui chiper son fond de teint.

Elle assumait son côté coquette. Elle parlait de la superficialité des autres, mais elle en était aussi coupable. Elle se maquillait subtilement pour mettre ses atouts en valeur; auburn n'était pas sa véritable couleur de cheveux, et ce n'étaient pas ses vrais ongles. Mais elle croyait que c'était normal, pour une femme, de se farder de tous ces artifices. En tout cas, ça fonctionnait pour elle, puisqu'elle séduisait facilement le sexe opposé, même si les hommes envisageaient davantage de la baiser que de développer quelque chose de sérieux, que de vouloir la connaitre réellement.

Elle venait de ce milieu-là, c'était ce qu'elle attirait; des hommes qui espéraient ajouter de belles femmes à leur tableau de chasse. C'est pourquoi elle tentait de changer de paradigme et qu'elle essayait de voir ce que ça donnerait avec Alain. C'est sûr qu'elle ne passait pas inaperçue, avec ses longs cheveux de feu et ses jambes qui n'en finissaient plus. Mais elle voulait plus que de l'intérêt de surface. Elle voulait, elle aussi, avoir droit à un conjoint qui l'aimait pour ce qu'elle était, et non pour son apparence. Bien entendu, elle souhaitait que son homme la trouve jolie et la désire, mais elle ambitionnait à ce qu'il l'apprécie également pour sa personnalité, pour sa joie de vivre et son côté fofolle. Parce que le physique, c'est bien beau, mais c'est éphémère. Elle savait qu'elle prenait de l'âge et elle ne pouvait ignorer ces rides qui se dessinaient au coin de ses yeux quand elle riait. On lui disait que ça faisait son charme, mais Myriam avait peur de vieillir et de ne plus faire tourner les têtes autant qu'avant.

Alors oui, le temps pressait.

Malgré tout, elle savait que son histoire avec Alain Dupont était à la croisée des chemins. Car si elle était flexible sur plusieurs facettes de son futur compagnon, il y avait des choses non négociables. Comme l'hygiène, et la façon dont il la traitait, mais aussi, un homme du monde qui aimait voyager. Qui rêvait d'explorer la planète. Elle avait une âme de globe-trotteuse et elle cherchait un partenaire de voyage. Tant et si bien que tout avait failli chavirer le jour où il lui avait avoué sa peur de l'avion, qu'il n'avait jamais voyagé de sa vie, à part en voiture ou dans des trucs organisés en autobus.

Elle ne voulait pas sembler élitiste, mais l'idée de s'entasser à plusieurs dans un autocar pour aller à New York lui paraissait grotesque. Surtout en considérant qu'on pouvait y être en moins d'une heure d'avion. Chacun ses goûts, se dit-elle. Ce n'était pas ce qui la branchait.

Quand elle lui offrit de la rejoindre à Las Vegas, elle dut se montrer ferme. C'était oui ou leur relation ne tiendrait pas le coup. Elle détestait les ultimatums, mais en même temps, elle n'avait plus de temps à perdre. Soit il était le complice globe-trotteur qu'elle espérait tant, soit elle continuait de chercher ailleurs. Elle planifiait faire au moins trois à quatre voyages par année et davantage une fois à la retraite. Elle ne voulait rien savoir d'un homme qui serait un obstacle, ou qui la laisserait partir à l'aventure en solitaire. C'était avec son amoureux qu'elle désirait parcourir le monde, non pas avec des inconnus et encore moins seule.

Elle consulta sa montre, il était 15 h 46. Alain serait là dans quelques heures et ils amorceraient leur semaine de vacances ensemble. Elle avait déjà prévu d'assister à des spectacles du Cirque du Soleil et de voir un match de hockey des Golden Knights, puisqu'Alain était un fan éperdu de ce sport. Elle avait ciblé quelques restaurants qu'elle voulait essayer et elle avait planifié une excursion à Valley of Fire avec d'autres collègues et leurs conjoints. Eux aussi avaient décidé de rester pour une semaine supplémentaire, pour profiter de la ville et ce qu'elle avait à offrir. Le côté taciturne d'Alain l'ennuyait un peu, elle espérait qu'il se fonde dans le groupe et que tout le monde éprouve du plaisir. Ce n'était pas toujours évident avec lui, et elle lui avait mentionné à quel point c'était important pour elle qu'il puisse évoluer en société avec un minimum de décorum.

Vraiment, c'était le voyage de la vérité pour eux. Si Alain surmontait sa phobie et faisait un effort pour être agréable avec les autres, alors ce serait un signe que ça pouvait fonctionner.

Sinon, elle passerait à autre chose et considérerait faire comme son amie Sylvie, une avocate qui avait eu recours à l'insémination artificielle pour avoir des jumeaux alors qu'elle était célibataire endurcie.

Myriam serait bientôt fixée.

8

Alain Dupont empoigna les appuie-bras de son siège tout juste après l'annonce du capitaine qu'ils étaient les prochains à prendre leur envol. Ça faisait environ dix minutes que l'appareil roulait pour se rendre jusqu'à la piste de décollage. Chaque fois que l'avion s'arrêtait, le cœur de Dupont s'emballait pour se détendre quand l'avion recommençait à avancer. Les aisselles de Dupont étaient humides et il espérait du plus profond de son être que son antisudorifique tienne le coup. Il réalisa qu'il serrait la mâchoire depuis plusieurs minutes et fit un effort pour relaxer ses muscles maxillaires.

Parce que s'il continuait de les serrer si fort, ses dents pourraient se désintégrer sous la pression. Alain avait lu quelque part que la mâchoire humaine était aussi puissante que celle d'un gorille, mais que leurs dents ne pouvaient pas supporter la pression sans éventuellement éclater. Il avait lu que l'homme avait une capacité de morsure d'une soixantaine de kilogrammes par centimètre cube. Loin de la force de celle d'un lion, avec ses quatre cents kilogrammes par centimètre cube, ou encore celle d'un crocodile, réputée la plus forte au monde, avec ses deux mille quarante kilogrammes par centimètre cube. Alain avait une mémoire photographique qui lui permettait de retenir ce genre de banalités, seulement bonnes à impressionner les convives lors de soirées bien arrosées.

— Ça va ? demanda Michel Madison, le faisant un peu sursauter.

Dupont avait les nerfs à fleur de peau, il devait absolument trouver un moyen de se calmer. Il fit signe que oui.

— Vous êtes blême comme un fantôme, mon vieux, dit Madison en ricanant.

— Je ne suis pas super à l'aise dans les avions, répondit Dupont en fixant l'endos du siège devant lui.

Madison gloussa de nouveau.

— C'est un euphémisme, rétorqua-t-il, amusé. Vous savez, les moments critiques sont le décollage et l'atterrissage. Vous connaîtrez donc votre sort dans quelques minutes.

Alain le regarda furieusement. Madison ne se laissa pas démonter en conservant son large sourire. Il lui tapota le bras en l'assurant qu'il n'avait rien à craindre. Qu'il avait beaucoup plus de chances de mourir en voiture qu'en avion.

— Saviez-vous que, selon les évaluations, il vous faudrait voler tous les jours pendant cinq cents ans avant de périr dans un accident d'avion ? Aucune idée pour vous, mais je n'ai pas l'intention de vivre si vieux.

Même si Alain Dupont voulait seulement que Michel Madison se taise, il se sentit un peu plus décontracté par la statistique qu'il venait d'invoquer. C'était assez révélateur, et il se souvint d'avoir lu quelque part que l'avion était largement plus sûr qu'un voyage en autocar, en voiture ou encore en bateau. Il remarqua que ses mains avaient légèrement relâché leur poigne. Mais il les serra à nouveau au son des moteurs à réaction qui s'activaient. Ça y était, il n'y avait plus de possibilité de retour. Il n'avait plus le contrôle sur rien, le sort en était jeté. Sa vie était dans les mains des pilotes de l'appareil et dans quelques milliers de boulons qui feraient de leur mieux pour tenir la carlingue ensemble.

Il sentit l'aéroplane accélérer et s'élever dans les airs. Il ferma les yeux et pressa encore plus la mâchoire. Tout irait bien, il fallait que tout se passe bien. Si c'était le cas, alors peut-être que sa peur des avions disparaitrait et il pourrait faire tous les voyages que Myriam désirait. Cette pensée lui greffa un léger sourire sur le visage. Comme il aimerait que ce soit vrai. Il était si en état d'alerte qu'il pouvait entendre chaque boulon de l'appareil travailler fort pour conserver l'intégralité du fuselage. Il garda les yeux fermés, comme il le faisait chaque fois que quelqu'un le forçait à monter dans une montagne russe. Il n'avait jamais eu le courage d'observer la course du chariot dans le manège, comme le faisaient les autres. Il croyait qu'en ne regardant pas, rien de mal ne pouvait survenir. Il remarqua qu'il faisait la même chose en ce moment, dans cet avion. Comme si le déni le protégeait contre les répercussions de ses décisions ou de ses actions. La vie s'était pourtant chargée de lui prouver le contraire plus souvent qu'à son tour; que peu importe ce qu'il fuyait, les conséquences le rattrapaient toujours.

Dupont entendit le son d'une clochette et ouvrit les yeux. Le signal avec un pictogramme de ceinture de sécurité au-dessus de sa tête s'était éteint. Puis, la femme devant lui détacha sa ceinture et se retourna pour le regarder en souriant. Dupont sourit également, mais la dame perdit son enthousiasme et son visage s'assombrit.

L'homme à côté d'elle fit de même, tout comme les passagers de la rangée à la droite de Madison. Ils l'épiaient tous, comme si Dupont venait de dire ou de faire quelque chose d'immonde. Alain ressentit encore la panique décupler en lui tout juste comme son regard croisa celui de Michel Madison, qui l'observait avec son sourire stupide. Puis, il prononça un mot que Dupont ne saisit pas. Il lui demanda de répéter.

— Boum, réitéra Madison.

Dupont ne comprenait pas. Boum quoi ?

Madison haussa les épaules, ses yeux devinrent sévères, mais il souriait toujours. Il répéta «boum»

— Mais quoi, boum ? rétorqua Dupont d'une voix énervée.

Michel Madison pointa le hublot et dit encore une fois la même chose.

Boum.

Dupont releva la paroi du hublot et fixa l'aile de l'avion sous lui, puis une énorme boule de feu apparut, faisant voler en éclats le moteur qui était tout juste en dessous de l'aile. Alain Dupont se raidit dans son siège, retenu fermement par sa ceinture de sécurité. La turbine en flammes se détacha de l'aile et Dupont la vit tomber en virevoltant, comme au ralenti, aspirée par la forte gravité. Dupont hurla en détournant la tête et réalisa que tout le monde était debout, le scrutant d'un visage impassible.

— On vient de perdre un moteur, gueula-t-il en ne comprenant pas pourquoi les autres passagers ne prenaient pas conscience de la précarité de la situation. Ils restaient là, plantés, à le contempler en silence.

Dupont regarda Madison, qui s'était lui aussi levé pour l'observer.

— Michel, on a perdu un moteur, il faut aviser quelqu'un.

Madison ne réagissait pas.

Dupont tentait de se défaire de sa ceinture de sécurité, mais il en était incapable. Elle était coincée.

— À l'aide, cria-t-il pour les agentes de bord postées près de la cabine de pilotage, en espérant qu'une d'elles l'entende.

— Au secours, on a perdu un moteur. Avisez le commandant, on a perdu un moteur.

Puis, il se souvint d'un reportage qui expliquait qu'un gros porteur comme le Airbus 320 pouvait voler avec un seul moteur. Ça justifiait sûrement pourquoi il était le seul à paniquer. Il cessa d'essayer de détacher sa ceinture et observa les autres qui le dévisageaient en silence. Que lui voulaient-ils, pour l'amour du ciel ? Il ne les connaissait pas, hormis Michel Madison, et c'était tout récent.

— Qu'est-ce que vous me voulez ? demanda-t-il d'une voix éteinte.

Aucune réponse, sinon une légère clameur provenant de l'arrière de l'appareil, mais il n'arrivait pas à déchiffrer quoi que ce soit. Puis, les lèvres des passagers bougèrent davantage à mesure que le brouhaha s'accentuait, comme une longue complainte. Et il sentit la peur l'empoigner par les tripes en réalisant que les passagers reprenaient tous le même mot, sur la même tonalité, au diapason.

Boum, boum, boum, boum.

Dupont paniquait. Il était totalement décontenancé par ce qui se passait, comme plongé droit dans un cauchemar éveillé. Pourquoi répétaient-ils ce mot ? Il eut la réponse à sa question presque immédiatement, en entendant une autre explosion provenant du flanc opposé de l'appareil. Il écarquilla les yeux en voyant une boule de feu à travers les hublots de l'autre côté de l'allée.

— Oh mon Dieu, murmura-t-il.

Il s'activa sur sa ceinture de sécurité, qui ne cédait toujours pas, pendant que les passagers s'approchaient de lui en ressassant boum, boum, boum.

— Qu'est-ce que vous me voulez ? On va tous mourir, ne comprenez-vous donc pas ce qui se passe ?

Puis tous les passagers se mirent à rigoler très fort en même temps, d'un seul et même rire. Et répétèrent boum, puis riaient, et disaient boum, et riaient en alternance.

L'appareil piqua rapidement du nez et Dupont se frappa le front sur le siège devant lui, toujours retenu par cette satanée ceinture de sécurité qui refusait d'obéir. L'avion faisait un bruit sourd dans sa chute, pareil au son d'un missile sur le point de s'écraser au sol. Dupont scruta autour de lui en hurlant et ne comprenait pas que tous les passagers étaient encore debout, insensibles à la force centrifuge, se bornant à répéter boum en riant. La gravité n'avait aucun effet sur eux, comme immunisés contre les lois de la physique qui propulsaient l'appareil vers la catastrophe.

Boum, boum, boum.

Dupont colla son visage sur le hublot et assistait, impuissant, à l'image du sol qui s'approchait à une vitesse folle. Il ferma les yeux et hurla de toutes ses forces.

Il se réveilla en sursaut, la main de Michel Madison sur son bras qui tentait de le ramener à la raison. Alain était en sueurs et il avait énormément mal aux hanches, tant sa ceinture de sécurité s'était encastrée dans les os de son bassin. Il nota que le signal de ceinture de sécurité était éteint et que Madison avait détaché la sienne. Dupont entreprit de défaire sa ceinture, mais ses mains tremblaient trop. Sa nuque était détrempée et il avait de la difficulté à déclencher la boucle de sa ceinture. Madison fit un geste de le laisser l'aider. Il souleva le clapet de la boucle de la ceinture d'un doigt et celle-ci céda immédiatement.

— Ça va, mon vieux? demanda Madison, l'air préoccupé.

Dupont fit signe que oui, il avait la bouche pâteuse. « Je suis en train de devenir fou », se dit-il.

Il remarqua que beaucoup de passagers continuaient à le regarder furtivement. Il avait sûrement hurlé dans son sommeil et ils étaient inquiets pour lui. Madison confirma qu'il avait crié.

— Vous nous avez vraiment foutu la trouille, mon vieux.

Dupont eut une grimace convenue et chercha une salle de bain disponible. Il y en avait une de libre derrière lui. Il s'excusa à Michel Madison qui se leva pour le laisser passer. Alain tituba dans le passage vers la salle de bain. Juste comme il arrivait, quelqu'un le précéda et lui ferma la porte au nez. Il stoppa net pour attendre son tour tout juste comme son regard croisa celui du petit garçon avec un complet brun qui jouait avec deux dinosaures en plastique. Il les frappait ensemble en simulant un combat du temps de l'ère glaciaire. Le même garçon que dans la salle d'attente de l'aéroport. Le gamin s'arrêta sec de s'amuser avec ses jouets et examina Dupont qui ne pouvait faire autrement que de l'observer lui aussi, comme s'il était forcé de planter son regard dans le sien, comme si une force morbide l'y contraignait.

L'enfant sourit, mais cette fois, il n'avait pas de sang dans la bouche. Il avait de courtes dents de lait, comme on s'y attendrait d'un petit de son âge. Dupont frémissait à voir l'accoutrement du garçon, ces mômes habillés en adulte le

terrifiaient. Merde, à quoi pensaient les parents en les fago-
tant de cette façon ?

Puis, juste comme la personne sortait de la salle de bain,
et que Dupont s'apprêtait à y entrer, l'enfant marmonna
quelque chose en le regardant et ça lui glaça le sang. C'était
sans équivoque.

Dupont sentit son énergie s'évaporer de son corps, n'arrivant pas à croire ce qu'il venait d'entendre.

Puis, le garçon le répéta, cette fois, en se levant et en
hurlant.

Dupont eut un pas de recul. Il n'y avait plus aucun doute.
L'enfant venait de lui dire la pire chose qu'il pouvait
entendre à ce moment-ci.

« Boum ! »

9

___

Les émotions l'ayant complètement exténué, Alain Dupont avait enfilé ses écouteurs, recouvert sa tête avec le capuchon de son anorak, et fermé les yeux. Bien sûr que cette envolée ne pouvait pas se passer sans anicroche, ça aurait été trop demandé. Ça ne pouvait pas se dérouler dans les règles de l'art. Sa crainte de l'avion n'allait pas disparaitre comme ça, par magie, et ainsi lui permettre d'être suffisamment à l'aise pour accompagner Myriam dans ses futurs voyages.

Sauf qu'il n'y avait pas de problème avec ce vol. Le problème, c'était lui, et ses foutues lubies qui lui empoisonnaient l'esprit, ses peurs qui l'infestaient à tel point qu'il imaginait des horreurs sans nom. Il savait très bien que le petit garçon ne l'avait pas regardé, la bouche en sang avant le vol; et qu'il ne lui avait pas chuchoté « boum » lorsqu'il attendait près de la salle de bain. Si ça trouve, il n'existait même pas.

Et une fois à l'intérieur de la salle de bain de l'avion, il savait que c'était son imagination qui lui faisait croire que des gens frappaient dans la porte comme des cinglés, lui ordonnant de sortir. C'était son esprit malade qui avait imaginé que la porte de la salle de bain s'était tordue et que quelqu'un forçait pour essayer d'entrer.

Ce qu'il n'avait pas imaginé, toutefois, c'étaient ses propres hurlements suppliants, demandant qu'on lui foute la paix. Alors il ne fut pas surpris, en ouvrant la porte, de voir les gens qui le dévisageaient. Il avait fait profil bas jusqu'à sa place et avait ignoré les questions de Madison sur ce qui venait de se passer. Puis, il s'était réfugié dans sa tête et dans les harmonies de Black Sabbath.

Si tout ça était le fruit de son imagination, alors pourquoi haletait-il, incapable de contrôler ses peurs et ses visions ? Pourquoi suffoquait-il comme s'il avait couru un marathon ? Pourquoi transpirait-il abondamment, et pourquoi son cœur battait-il si rapidement qu'il craignait qu'il n'éclate dans sa poitrine ? Il était comme spectateur de sa propre vie, comme dans un film, comme quand on n'a aucune poigne sur l'histoire qui se déroule devant nos propres yeux, dans notre propre corps, dans notre propre tête.

Il avait beau tout faire pour se calmer, se convaincre qu'il inventait des choses, mais la tension dans l'appareil était bien réelle; ces gens le fixaient, c'était sans équivoque. Ça, il ne l'imaginait pas. Alors à quoi tout ça rimait-il, au juste ? Que lui voulaient-ils? Bien sûr, sa nervosité était aussi évidente que le nez au milieu du visage, mais à ce point? Pour que tous ces gens en viennent à l'épier ? Pour ça ? Quelques personnes, d'accord. Il pourrait comprendre. Mais tous les fichus passagers ? N'avaient-ils pas mieux à foutre que de se soucier d'un mec sans histoire qui ne leur avait rien fait ? Tous avaient un écran tactile sur le dossier du siège devant eux avec une sélection de films jusqu'à plus soif, ils devraient s'y attarder au lieu de se préoccuper d'un pauvre type en train de se liquéfier sur son siège.

Il se tourna vers Michel Madison, qui l'épiait, un demi-sourire accroché au visage. Il vit sa bouche prononcer des paroles que la chanson Iron Man l'empêchait d'entendre. Il soupira et retira un écouteur.

— Pardon ?

— Ça n'a pas l'air d'aller.

Dupont fronça les sourcils. Mais qu'est-ce que ça pouvait bien lui faire s'il allait bien ou pas ? Il fut direct.

— Ça va très bien, merci.

— On ne dirait pas.

Dupont soupira, agacé, replaça son écouteur et referma les yeux et croisant les bras et se calant dans son siège. Mais il sentait toujours le regard de Madison sur lui. Il savait pertinemment qu'il le fixait encore, armé de son foutu sourire niais. Toutes les fibres de son corps l'intimaient de regarder à nouveau vers son compagnon d'infortune. Il ouvrit un œil et vit que Madison continuait de lui parler. Alain haussa les épaules et pointa son oreille pour lui faire comprendre qu'il ne l'entendait pas, qu'il écoutait de la musique, et qu'il n'avait absolument aucune intention d'arrêter. Mais Madison lui fit signe de retirer son écouteur, ce qui l'irrita grandement. Il envisagea de le laisser parler seul, de l'envoyer paitre, mais comme il semblait le seul dans l'appareil à ne pas avoir une dent contre lui, il obtempéra, non sans exhiber une mine contrariée pour que son interlocuteur comprenne qu'il obéissait à contrecœur.

— Vous faites quoi dans la vie ?

— Hein ? Je... euh... je travaille dans un garage.

— Garage pour les voitures ?

Non, connard. Pour les navettes spatiales. Dupont fit signe que oui.

— Une femme, des enfants ?

— Écoutez, mon vieux, je n'ai pas tellement envie de parler, je veux seulement...

— ... continuer d'être dominé par vos angoisses ?

Dupont écarquilla les yeux. Comment pouvait-il savoir ? Il était psychanalyste ou quoi ? Bien sûr que non, Dupont était un livre ouvert, c'était clair qu'il était terrifié. Madison l'avait simplement décelé comme n'importe qui un tant soit peu attentif.

— Je suis représentant en shampoing naturel, dit Madison pour changer de sujet.

— Et vous vous appelez comment ? Tyler Durden ? répondit Dupont en roulant des yeux.

— Non. Michel Madison.

Dupont pouffa de rire en voyant que son interlocuteur n'avait pas saisi son allusion au film Fight Club.

— Laissez-moi vous poser quelques questions. J'aime apprendre à connaitre les gens, et en plus, j'ai l'impression de vous connaitre et de ne pas vous connaitre en même temps.

Quelle proposition bizarre, se dit Alain Dupont. Bien sûr qu'ils ne se connaissaient pas. « Je n'ai jamais vu cet homme de ma vie », pensa-t-il. Puis, il se dit que ça lui changerait les idées, que ça forcerait les autres à retourner à leur foutu écran tactile, et il pourrait enfin se détendre. Déjà, il se sentait moins stressé et n'avait pas eu de vision d'horreur depuis le début de sa discussion avec Madison. Alors il y avait du bon dans tout ça. S'il fallait qu'il lui parle pendant tout le trajet pour se soustraire à de nouveaux épisodes psychotiques, pourquoi pas ? Il affirma qu'il n'avait pas d'enfant, mais qu'il avait une nouvelle conjointe.

Madison ne répondit pas à Dupont lorsqu'il lui retourna la question, et poursuivit son questionnaire. Quel était son plat favori ? Comment s'était passée son enfance ? Qu'est-ce qu'il aimait faire comme loisirs ? Pendant tout ce temps, Dupont scrutait les gens autour de lui et notait, à regret, qu'ils lui lançaient toujours des regards acrimonieux épars.

Il était incapable de soutenir l'attention de Madison. Il y avait quelque chose d'hypnotisant et d'inquiétant dans les yeux. Il ne pouvait mettre le doigt dessus, mais après une dizaine de secondes à l'observer, il détourna le regard. Il posa ses yeux sur la main gauche de l'homme qui reposait sur l'accoudoir de son siège, et remarqua la texture de sa peau pour la première fois. Comme si les mains de Madison étaient plus âgées que son visage. Était-ce parce qu'il avait eu recours à la chirurgie plastique ? Il lui demanda son âge, mais Madison se contenta de sourire.

— Allez, dites-moi votre âge, insista Dupont.

— Vous n'allez pas me croire, et en plus, c'est moi qui pose les questions.

Malgré son regard inquiétant, Dupont trouvait que le sourire de Madison était bienveillant. Comme un vieil oncle qui vous voudrait du bien. C'était rare que les gens fussent aimables envers lui, mais Dupont était persuadé que si Madison ne lui souhaitait pas nécessairement du bien, il ne lui voulait pas du mal non plus. Puis son attention fut attirée par une partie du poignet de l'homme, on aurait dit qu'il avait un genre de plaie, mais permanente. Elle était en forme d'octogone, vraiment singulier, comme blessure, ou comme tâche de naissance.

— Soixante ans ? tenta Dupont en souriant.

— Même pas proche, répondit Madison, toujours avec son visage avenant.

Comment, même pas proche ? Il ne pouvait pas se tromper tant que ça. Il avait sans doute entre cinquante et soixante-dix ans. Comme il refusait de dévoiler son âge, Dupont laissa tomber. Ça ne l'intéressait pas tant que ça. Il y eut une trêve dans la longue série de questions de Michel Madison. Dupont soupira profondément.

— Je vous emmerde ?

Alain observa Madison d'un air surpris.

— Pardon ?

— Je vous demande si je vous emmerde.

— Mais non, pourquoi ?

— Vous soupirez.

— J'ai pris une profonde respiration, oui. Qu'est-ce que tout le monde a, dans cet avion, contre les profondes respirations, pour l'amour du ciel ?

Des têtes se virèrent vers eux, puisque Dupont avait un peu élevé la voix, mais Madison ne se laissa pas démonter.

— Peut-être que tout le monde ici vous déteste ?

Le sang de Dupont ne fit qu'un tour. Comme s'il confirmait ses appréhensions. Comme si Madison pouvait lire en lui. Il figea, ne sachant pas quoi répondre. Après quelques secondes à l'observer, le visage impassible, Madison éclata d'un rire tonitruant.

— Relaxez, Dupont. Je vous taquine, voyons.

Madison riait très fort en regardant les autres passagers qui riaient aussi. Dupont, lui, ne riait pas. Pas du tout.

Madison posa sa main glaciale sur la sienne, le froid sur sa peau le fit sursauter.

— Qu'est-ce qui se passe ? demanda Madison en voyant la tête que Dupont faisait.

— Rien. Seulement, votre main est…

— … froide ?

Madison sourit. Dupont hocha la tête.

— Des choses normales, à mon âge, répliqua Madison en lui lâchant la main.

Dupont frotta sa main pour la réchauffer, et fronça les sourcils.

— Vous n'êtes pas si vieux, tout de même.

Alain Dupont sentit un long frisson lui parcourir l'échine en anticipant la réponse de Madison. Comme une terrible prémonition.

— J'ai quand même trois cent quatre-vingt-trois ans.

En temps normal, Dupont se serait dit que Madison était fou, ou qu'il blaguait. Mais pour la première fois depuis le début du voyage, le visage de l'homme était sérieux. Ce qui terrifiait Alain Dupont, ce n'était pas l'âge incongru de cet homme à l'allure particulière ni le fait qu'il ne souriait plus.

Ce qui le terrifiait jusqu'à la moelle, c'était que ses yeux étaient virés au noir.

Un noir charbon.

Un noir des ténèbres.

10

———————

Alain Dupont avait l'esprit engourdi. C'était plus qu'il n'était capable d'en prendre. Sa peur de l'avion jumelée à tous ces délires, qu'ils soient vrais ou pas, c'était plus que son cerveau pouvait endurer. Il se demanda sérieusement s'il n'était pas mieux d'abandonner, de simplement accepter son sort. Vivre chaque nouvelle manifestation surnaturelle comme si c'était normal. Ne pas réagir, seulement subir. Il avait beau se dire tout ça, mais il savait bien que c'était impossible qu'il demeure insensible face à ça. Le petit garçon en complet, l'homme agressif, les passagers qui lui lançaient des regards acrimonieux, les agentes de bord qui se méfiaient de lui, et Michel Madison, peu importe ce qu'il représentait. Il ne pouvait faire comme si de rien n'était.

Décidément, de discuter avec cet homme qui prétendait être presque quadruple centenaire n'était pas une super idée et Dupont jugea bon de retourner à sa musique.

Il choisit de changer de registre, d'oublier son album heavy métal au profit de quelque chose de plus léger et plus joyeux. Il s'était créé une liste de lecture pop « gomme balloune ». C'est ce qui l'accompagnerait jusqu'à la fin du voyage. Heureusement, Madison l'avait lâché pour échanger avec quelqu'un à sa droite. Alain pouvait se replonger dans un monde où les passagers et les membres de l'équipage n'existaient pas.

Mais il était incapable d'oublier les yeux sombres de Michel Madison. La vision de ces deux billes noires qui avaient remplacé le bleu hypnotisant de son regard du début du voyage hantait son esprit. Comment les pupilles de quelqu'un pouvaient-elles changer de couleur aussi rapidement ? Son imagination lui jouait-elle encore des tours ? Jouer le jeu et échanger avec Madison n'avait pas empêché son esprit de divaguer. Encore une fois, il se convainquit qu'il avait imaginé les yeux sombres de Michel Madison. C'était la seule explication logique.

Dupont ferma ses paupières, et vint pour prendre une autre grande respiration, mais stoppa à mi-chemin. Les gens étaient si sensibles aux soupirs, ici, qu'il n'osait plus tenter des inspirations profondes. Il devait à tout prix garder un profil bas. Il consulta l'écran devant lui qui affichait les statistiques du vol, encore trois heures quarante avant l'heure d'arrivée.

C'était long, mais s'il pouvait roupiller, ça irait plus vite. Ensuite, il sortirait de cet avion infernal et retrouverait sa belle qui l'attendrait au bar de leur hôtel. C'était un dur moment à vivre, puisqu'au retour, Myriam serait à ses côtés. Il pourrait souffler en sachant qu'il n'aurait pas à négocier avec un voisin de siège prétendant avoir quatre cents ans avec des yeux mutant du bleu au noir.

Dupont sentit qu'on lui tapotait l'épaule. Madison le scrutait avec intensité de ses yeux toujours aussi obscurs, mais cette fois, il esquissait un sourire qui ressemblait plus à une grimace sadique, semblable au visage d'une gargouille. Il retira un écouteur de son oreille.

— Je parlais de vous avec les gens d'à côté. Je ne sais pas ce que vous leur avez fait, mais ils ne vous portent vraiment pas dans leur cœur.

Dupont fut bouche bée pendant quelques secondes, ne saisissant pas trop le sens de ce que Madison venait de lui dire. Il se demandait à quel jeu pervers il jouait, mais il était vraiment bizarre et Dupont était de plus en plus irrité par cette comédie morbide. Il se pencha pour observer l'homme dans l'autre rangée, ce dernier le regardait furieusement.

Dupont se recula dans son siège, ne sachant pas trop comment réagir. Qu'est-ce qu'il pouvait y faire ? Les gens ne l'aimaient pas pour une raison qu'il ignorait, c'était tout à fait illogique. Des personnes qu'il ne connaissait pas et à qui il n'avait rien fait ne pouvaient le détester comme ça, pour rien. Alain se sentait de plus en plus découragé, mais en même temps, c'était comme s'il devenait insensible face à cette ambiance merdique.

C'était visiblement sa nouvelle réalité, alors aussi bien faire avec. Par contre, une question le titillait : pourquoi Madison parlait-il de lui aux autres passagers? Probablement qu'il avait demandé à l'homme de faire semblant qu'il avait une dent contre lui, pour se foutre de sa gueule. Mais qui jouait à ce genre de jeu ? Avec des étrangers de surcroit ? Que cherchait-il à accomplir, au juste ? Est-ce que Madison sentait la peur de Dupont et souhaitait l'exploiter ? Quel être exécrable ferait une telle chose ? Alain décida de faire comme s'il était en contrôle de ses émotions, de ne pas entrer dans le stratagème de ce voisin de siège de plus en plus pénible.

— Des gens que je ne connais pas ne m'aiment pas, c'est ce que vous essayez de me faire croire, Madison ?

Alain Dupont avait frayé avec le pire de l'humanité dans le passé, alors il pouvait endurer les manigances de Madison.

— On dirait, au contraire, qu'ils savent qui vous êtes.

— Mais non, je ne connais personne sur ce vol.

— Comment pouvez-vous en être si sûr ? Vous avez vu les cent quatre-vingts passagers ainsi que les membres de l'équipage ?

— Non, mais...

— Alors vous dites n'importe quoi, vous n'en savez rien.

Alain Dupont soupira bruyamment. Cette fois, il l'avait fait exprès. Il sentait que sa patience s'effritait comme des grains dans un sablier. Il était pourtant monté à bord de cet oiseau de métal avec les meilleures intentions du monde.

— Tiens, encore les soupirs, fit Madison en souriant d'un air arrogant.

— Oui, vous commencez à me tomber royalement sur les nerfs. Je ne sais pas ce que vous cherchez à faire, Madison, mais cessez votre petit jeu. Je ne vous ai rien demandé, alors foutez-moi la paix.

En remettant ses écouteurs sur ses oreilles, Dupont entendit l'homme s'esclaffer. Il avait eu le temps de remarquer que Madison se penchait vers les autres passagers en parlant sûrement de lui, mais Alain tourna la tête vers le hublot et ferma les yeux. Il fallait l'ignorer. Cet homme à l'apparence agréable et douce se transformait tranquillement en un bully de la pire espèce.

Dupont se sentit observé à nouveau et ouvrit les yeux. La femme devant lui s'était retournée et le fusillait du regard. Elle prononça des mots que la musique dans ses oreilles l'empêchait de percevoir. Il fronça les sourcils et retira une nouvelle fois son écouteur. Sauf qu'il n'entendait toujours pas ce qu'elle déblatérait en le fixant d'un air rageur. Le bruit dans l'habitacle était assourdissant, empli de l'écho des voix environnantes, un peu comme dans un bar où vous auriez du mal à entretenir une conversation normale. Il finit par lire sur les lèvres de la femme qu'elle lui reprochait de donner des coups de pied sur le derrière de son siège.

— Je ne donne pas de coups sur votre banc, madame.

— Mais oui, je le sens, vous me traitez de menteuse ?

Juste comme elle terminait sa phrase, le vacarme cessa et on pouvait maintenant entendre une mouche voler. Dupont n'entendait même plus le bruit des moteurs de l'appareil. La dame haletait rageusement.

— Je ne dis pas que vous mentez, je dis que je n'ai pas donné de coups derrière votre siège. Alors si vous avez senti quelque chose, ce n'était pas moi.

— C'était vous.

— Écoutez, madame, je ne suis pas un enfant, pour m'amuser à frapper sur le siège des autres sans m'en rendre compte. Je sais très bien que c'est dérangeant.

Un homme imposant assis dans l'autre rangée se leva furieusement.

— Comment oses-tu parler d'enfant, espèce de fils de pute ?

Tous les passagers dans le champ de vision de Dupont l'observaient maintenant avec fermeté. Il avait le cœur qui débattait. Est-ce qu'il rêvait encore ? Ça ne pouvait pas être réel.

Michel Madison fit signe à l'homme de s'asseoir et se tourna vers Dupont.

— Je vous l'ai dit, tout le monde vous déteste ici.

Dupont allait répliquer, mais il était tellement sous le choc devant tout ce qui se passait qu'il préféra garder le silence. C'était la seule façon de désamorcer une situation explosive dont il ignorait l'origine. Il vint pour remettre ses écouteurs quand la main froide de Madison lui saisit le poignet.

— Oh non, vous avez perdu ce droit. Je dois comprendre ce que vous avez fait à ces gens pour qu'ils vous détestent autant.

Dupont voulut se défaire de la poigne de Madison, mais aussi bien dire qu'il était retenu par une force occulte; le bras de Madison ne fléchissait pas sous les tentatives et les secousses de Dupont pour se libérer. Cet individu était puissant comme un cheval, et son regard devenait de plus en plus inquiétant. Dupont releva qu'il y avait un plus grand nombre de plaies ou de marques sur le bras de Madison. Encore une fois, en forme d'octogone. Qu'est-ce que ça pouvait bien représenter ? Un tatou qui dépeignait une carcasse écaillée ? Dupont crut qu'il y avait du relief sur les formes, éliminant l'option d'un tatouage. Il lui semblait qu'il n'y en avait pas autant la première fois qu'il avait regardé les cicatrices sur son bras. Probablement qu'il avait mal vu.

Puis Dupont lâcha prise. Aussi bien découvrir ce qu'il lui voulait. Pourquoi prétendait-il que tous les autres le détestaient ? Il désirait comprendre ses motivations, savoir pourquoi il n'était pas capable de lui foutre la paix et pourquoi il embarquait les passagers dans son délire.

— OK. Vous voulez jouer ? Alors, jouons.

— Oh, mais ce n'est pas un jeu, monsieur Dupont. Loin de là.

La réplique le fit frissonner. La voix laissait entrevoir qu'autre chose était au menu, quelque chose d'encore plus terrifiant. Et si Madison le connaissait ? Ou s'il n'était pas là par hasard ? Se l'avouer l'effrayait terriblement. Et si Madison était à bord de cet appareil spécialement pour lui ?

Ridicule. Encore une fois, son esprit s'emballait et inventait des scénarios loufoques. Et puis Dupont était pris à trente-cinq mille pieds dans les airs avec ce fou furieux et les passagers qui, s'il fallait en croire Madison, l'exécraient. Il était captif de ce tube diabolique qui fonçait à vive allure vers une destination où Alain Dupont n'était plus certain de se rendre en un seul morceau.

Il n'était plus sûr de rien.

La logique avait fait place à la fabulation et ils allaient traverser ensemble de l'autre côté du miroir. Tout ce qui était blanc devenait noir, et tout ce qui était noir devenait blanc. Comme le négatif d'un film duquel vous seriez prisonnier, où l'on vous séquestrait comme si c'était le jugement dernier.

Réalisant que Dupont voulait enfin collaborer, Michel Madison relâcha l'emprise sur son poignet. Alain Dupont aperçut une agente de bord qui s'amenait vers eux, elle semblait tracassée.

— Excusez-moi, mademoiselle, est-ce que je pourrais avoir une vodka ?

Il avait arrêté de boire depuis toutes ces années, mais c'en était trop. Il ne serait pas capable de passer au travers de ce qui se préparait à jeun. Il entendit une voix qui chuchota furieusement : « Foutu connard. La dernière chose dont tu as besoin, c'est un verre. » Ça venait d'un homme devant eux.

Dupont plongea son regard dans les iris ébène de Madison.

— Il a raison, l'alcool vous a apporté plus de peine que de joie, non ? Et pas seulement à vous.

— Mais qu'est-ce que vous en savez, putain de psychopathe ? Vous ne me connaissez pas, hurla Dupont.

Encore une fois, la même voix chuchota : « On nous a dit qu'il avait changé, il n'a pas changé. »

Dupont ne comprenait rien de la diatribe qui venait d'une silhouette inconnue.

L'agente de bord s'arrêta net et le regarda singulièrement.

— Le service n'est pas encore commencé, cracha-t-elle d'une voix tremblante de rage, vous aurez un verre quand nous déciderons que ce sera le temps, est-ce que c'est clair, ordure ?

— Pardon ? demanda Dupont, insulté. Comment m'as-tu appelé, sale garce ?

L'homme assis devant lui se retourna avec du feu dans les yeux.

— Répète un peu et je te fais avaler tes dents, connard. Allez, fais-moi plaisir et traite-la de garce encore une fois, pour voir.

Michel Madison se leva et fit un pas pour se placer au milieu du passage.

— Mesdames et messieurs, s'il vous plait, gardez votre calme. Rien ne sert de s'énerver. Notre ami a peur de l'avion, c'est tout. Il est à cran, nous le serions à moins. S'il vous plait, laissons-lui la chance de s'expliquer. Après tout, ne sommes-nous pas tous là pour ça ?

Dupont écarquilla les yeux. Que voulait-il dire par là ?

— Ma petite, poursuivit calmement Madison pour l'agente de bord, pouvez-vous s'il vous plait apporter une vodka à monsieur Dupont ? Je vous jure qu'il en a vraiment besoin. Et une autre pour moi, pendant que vous y êtes.

Le visage de la jeune femme s'adoucit et elle sourit en hochant la tête.

— Tout de suite, monsieur.

Madison fixa Dupont.

— Eh bien voilà ! Quand c'est demandé avec gentillesse, ça fonctionne.

Dupont observa Madison d'un air inquisiteur alors que ce dernier se rassoyait en ricanant.

— Que se passe-t-il, mon vieux? On dirait que vous avez vu un fantôme ? lance Madison d'une voix posée.

— Qu'est-ce que vous vouliez dire ?

— Que vous avez l'air d'avoir vu un...

— Non, pas ça, quand vous avez dit que vous étiez tous là pour que je m'explique ? Que je m'explique sur quoi ?

Madison fronça les sourcils.

— Vous m'avez mal compris, je n'attends aucune explication de votre part.

— Mais oui, je vous ai entendu le dire très clairement.

Michel Madison eut un regard sévère en prenant les deux verres de vodka que lui tendait l'agente de bord. Il appuya bien ses mots.

— Je vous répète que je n'attends aucune explication de votre part.

Il remit un verre à Dupont qui le déposa sur la tablette devant lui. Alain commençait à croire qu'il avait mal compris, quand Madison enleva tout soupçon de son esprit en chuchotant :

— Mais je ne peux pas en dire autant des autres passagers.

11

Michel Madison avait enfin cessé son barrage de questions. Des interrogations anodines, du bavardage candide dont Alain avait toujours eu horreur, mais il avait été bon joueur et avait répondu en se gardant de donner trop de détails.

Il avait été agacé par les interrogations sur sa relation avec Myriam. Il n'était pas du genre à se livrer à des inconnus, surtout pas sur sa vie sentimentale. Mais il l'avait tout de même fait, parce que la situation l'exigeait. Rien n'était normal, tout était surréel. Dupont était déstabilisé, n'ayant plus d'ancrage auquel s'accrocher. Alors il faisait ce qu'il pensait devoir faire dans les circonstances; c'est-à-dire collaborer.

De toute façon, il n'y avait aucune fuite possible, aucun endroit pour se cacher. Il n'avait aucune intention de se réfugier dans une des salles de bain pour le reste du voyage. Il ne pourrait pas se soustraire aux regards arides des autres passagers, sans compter qu'ils tenteraient de démolir la minuscule porte de la salle de bain, lui ordonnant de sortir.

Toutes choses prises en considération, il était plus en sécurité dans son siège que n'importe où ailleurs dans l'avion.

Il observa à nouveau le tableau de vol sur l'écran tactile devant lui; on était descendu sous la barre des trois heures restantes avant d'atteindre la destination. Jamais n'avait-il voulu autant voir des minutes s'égrainer, pas même en prison. Il faisait de la visualisation, s'imaginant sortir de l'appareil, délivré de la tension qui régnait dans l'habitacle sombre et inquiétant de cet avion. Débarrassé de tous ces gens qui avaient de toute évidence une dent contre lui pour une raison qu'il ignorait, et surtout ne plus jamais avoir à croiser le regard sinistre de Michel Madison. Plus que deux heures quarante-neuf minutes et ce cauchemar serait terminé.

— Vous n'avez pas encore touché à votre vodka, Dupont. Vous n'avez plus besoin de vous détendre ? Tout va bien ?

La voix de Michel Madison l'avait fait sursauter.

— J'ai arrêté de boire il y a plusieurs années, ce serait un énorme risque de m'y tremper les lèvres.

— Croyez-moi, en ce moment, l'alcool est le moindre de vos soucis.

Dupont regarda Michel Madison furieusement.

— C'est bientôt fini, oui, vos putains de paraboles ? Si vous avez quelque chose à me dire, dites-le clairement ou foutez-moi la paix.

Madison ne se laissa pas démonter.

— Toute chose en son temps. Trinquez avec moi.

Il tendit son verre vers Dupont qui soupira et empoigna le sien, toujours bien en vue sur la tablette en plastique beige devant lui. Il frappa son verre contre celui de Madison, comme le voulait la coutume, et vint pour le porter à ses lèvres, mais s'arrêta en entendant la voix pleine de reproches de son voisin de siège.

— Il faut se fixer dans les yeux, Alain. Après avoir touché nos verres ensemble. Tout le monde sait ça.

Dupont plongea son regard dans celui de l'homme et fut pris d'angoisse. Ses yeux étaient effrayants, ses iris recouvraient maintenant presque toute la superficie de ses yeux, comme une image d'outre-tombe. Il faillit en échapper son verre, mais réussit à se contenir juste à temps. Nom de Dieu, que se passait-il avec ce type ? C'était peut-être lui qui devenait fou ? Et s'il était en train de rêver ? S'il était encore dans la salle d'attente et qu'il s'était simplement assoupi ?

Il déposa son verre sur la tablette sans y goûter et sentit des larmes d'incompréhension lui inonder les yeux. Il avait atteint le point de non-retour, c'était maintenant officiel; il était fou. Il venait de sombrer dans un pur délire. En autant qu'il fût concerné, Michel Madison était sûrement un homme normal qui tentait de le secourir de sa paranoïa.

Ça lui brisait le cœur de réaliser qu'il ne se rendrait jamais jusqu'à Myriam, qu'il n'était probablement pas à bord de cet avion. Qu'il était Dieu ne sait où, prisonnier de ses peurs et ses hallucinations. Le presto venait de sauter, son esprit avait décidé que c'en était trop, qu'il ne pouvait plus continuer avec tout ça, avec ses remords et ses cauchemars.

Pourtant, tout avait l'air si vrai. Le cerveau est un engin incroyable avec des pouvoirs inimaginables. Quand il voyait des fous à la télé ou même quand il avait fait un court séjour dans un hôpital psychiatrique pour traiter un sévère choc nerveux, il n'arrivait pas à saisir que ces gens puissent vivre dans un monde alternatif sans réaliser ce qui se passait autour d'eux. Probablement qu'ils le savaient, dans leur subconscient, comme il venait lui-même de le comprendre, mais ils ne pouvaient s'en sortir. Comme une âme prise dans un corps inerte, comme si on était captif d'un coma profond, une authentique prison matérielle.

Il n'avait même pas les capacités de mettre fin à ses jours, d'achever ses souffrances. Il était témoin forcé d'une comédie funeste à laquelle il prenait part contre son gré, il était le personnage principal d'une tragédie dont il ne pouvait s'échapper.

Puis, il eut une forte impulsion. Il sentit un feu grandir en lui, et pour une raison qu'il s'expliquait mal, il se mit à rire, à rire très fort. Tout ce mélange de drame, de fatalité et de ridicule le faisait s'esclaffer comme s'il venait d'entendre la meilleure blague jamais racontée dans l'histoire de l'humanité. Ses yeux s'emplirent de larmes, tellement il ricanait, et il était incapable de s'arrêter. Plus il riait, plus les autres autour de lui rageaient.

Au bout d'un moment, ils se levèrent et avancèrent vers lui, l'écume à la bouche, et lui, il riait aux éclats. Il avait le visage écarlate, paralysé par le rire, mais les yeux submergés d'une forte inquiétude, celle de ne pas pouvoir reprendre sur lui. Impossible de continuer à rire de la sorte sans qu'il arrive malheur. Mais qu'est-ce qui se passait, pour l'amour du ciel ? Allait-il arrêter de rire comme un foutu dément ?

Michel Madison se leva à son tour, comme pour établir une barrière entre Dupont et les autres passagers. Il leur intima de se rasseoir, que ce n'était pas le moment, que Dupont était en psychose évidente, que c'était la façon que son cerveau avait trouvée de réagir. Les passagers lancèrent des insultes à Alain en se rassoyant, les dents saillantes, comme s'ils étaient sur le point de lui sauter à la gorge.

Mais Dupont continuait de rire comme un déséquilibré, il voulut arrêter, puisqu'il n'était plus capable de respirer.

C'était ça ou il s'étouffait. Merde, il comprit à ce moment que c'était possible de mourir de rire. Puis, Madison se rassit, le fixa d'un air rassurant et posa sa main sur son bras.

Alain avait immédiatement cessé de rire et avait fermé les yeux instinctivement pour se protéger des puissants rayons du soleil qui lui brulaient les pupilles. Il n'était plus dans l'avion. Il se tenait debout quelque part en plein milieu d'une route déserte, mais ne reconnaissait pas les environs.

Il attendit que ses yeux cessent de faire mal pour enfin scruter les alentours. Il n'eut pas besoin de s'attarder longtemps, il comprit où il était et il hurla de rage. Les murmures ambiants lui confirmèrent qu'il était retourné dans son cauchemar. Sauf que c'était pire que ses horrifiants rêves. Il était là, pour vrai. Ce n'était pas un rêve, il était revenu là où tout avait basculé dans sa vie. Il n'osait pas regarder autour de lui, mais l'odeur de soufre mélangé au bitume, au pétrole calciné et aux effluves de sang lui fit plier les jambes et il s'écrasa à genoux sur l'asphalte.

Il sanglota bruyamment. Il revoyait le même épais brouillard d'où émergeait une énorme masse jaune, les mêmes lamentations dans le fossé, le même feu provenant de l'arrière. Il revivait son cauchemar de la veille. Il avait l'impression que son dos était en train de fondre sous la chaleur du brasier derrière.

Les gémissements devenaient plus insistants et l'assourdissaient au point où il se boucha les oreilles pour éviter que ses tympans n'explosent.

— Taisez-vous, hurla-t-il.

Mais les complaintes persistèrent. Elles s'infiltraient entre ses doigts pour se rendre jusqu'à ses oreilles et surchargeaient son cerveau de bruits qu'il ne souhaitait pas entendre, d'images qu'il ne voulait pas voir.

— Vos gueules, cria-t-il à nouveau.

Puis, Dupont sentit une présence près de lui. Il perçut des pas légers. Il ouvrit un œil et recula rapidement, apeuré par celui qui se tenait devant lui. Le garçon en complet brun l'analysait avec un visage impassible. Alain Dupont était tombé sur son cul et avait retraité à l'aide de puissants coups de talon dans la garnotte. Il était tétanisé. Qu'est-ce que le gamin faisait là, dans son cauchemar ? Qu'est-ce qu'il lui voulait ?

— Prends ma main, chuchota le petit.

Dupont hocha vigoureusement la tête, il n'en était pas question. Le visage du garçon se durcit.

— Je t'ai dit de prendre ma main, sale con.

La voix qui émergeait de sa bouche était celle d'un adulte. Dupont observa la minuscule menotte tendue vers lui, mais il savait que s'il y touchait, un malheur allait survenir.

— Je ne peux pas, répondit-il faiblement.

Le garçon baissa son bras, en ne le lâchant pas du regard. Puis, il sourit, la gueule pleine de sang, et beugla d'un cri si aigu que Dupont s'écroula sur le côté en hurlant et en s'obstruant les oreilles de ses mains, mais c'était comme si les rugissements traversaient tout de même ses mains et menaçaient de faire éclater son cerveau. Et juste comme il crut que sa tête allait se détacher de son corps, l'enfant stoppa son cri.

Toujours étendu par terre, les mains fortement appuyées sur les oreilles, Alain Dupont ouvrit un œil, et aperçut l'enfant agenouillé devant lui, l'observant de ses yeux malicieux, son visage à quelques centimètres du sien. Puis il s'élança pour lui donner un coup de poing qui le propulsa vers l'arrière, glissant rapidement sur l'asphalte vers le brasier qui était en train de calciner la carcasse de l'habitacle où il était quelques minutes auparavant.

Il hurla en croisant les bras au-dessus de sa tête pour se protéger, en réalisant qu'il s'en allait directement dans la boule de feu.

Il cria le plus fort qu'il put, mais rien ne se passa. Il ne sentait plus la chaleur, ni le bitume mélangé à l'odeur de pétrole et de sang. Il était confortablement assis. Il ouvrit les yeux et comprit qu'il avait rêvé, qu'il était de retour dans l'avion. Michel Madison le scrutait, l'air impassible. Deux dizaines de passagers l'observaient aussi, le visage inerte, tout comme les deux agentes de bord qui devaient être sur le point de le confiner quelque part, là où on enferme les passagers turbulents. Il se redressa dans son siège et regarda vers les agentes de bord, puis s'excusa. Il leur expliqua qu'il avait fait un cauchemar, même s'il en doutait. Mais comment leur raconter ce qu'il venait de vivre ? Personne ne le croirait, tout le monde penserait qu'il était fou. Et il l'était sûrement, c'était bien ça, le pire, dans toute cette histoire.

Il n'était plus capable de départager le vrai du faux. Il n'était pas sorti de son cauchemar, il y était toujours. Seuls les lieux différaient, mais c'étaient les mêmes cinquante nuances de terreur. Pas de doute, il était en plein délire. Alors s'il rêvait, aussi bien engouffrer ce verre de vodka qui était toujours posé bien sagement sur la tablette devant lui. Il l'empoigna furieusement et regardant les autres avec défi, il l'avala d'un trait et reposa le verre bruyamment.

— Voilà, vous êtes contents, maintenant?

Un homme à sa droite siffla de rage.

— Je ne peux pas croire que ce crétin ait le culot de boire devant nous. Enculé.

Plus rien ne surprenait Dupont. Il se doutait qu'il avait

probablement inventé la dernière phrase incisive qu'il venait d'entendre. Il regarda Michel Madison et sourit.

— Je sais que vous n'existez que dans mon esprit, comme Tyler Durden dans l'esprit malade d'Edward Norton. Vous êtes censé être qui ? Mon alter ego ?

Madison afficha un rictus sardonique et hocha la tête. Dupont haussa les épaules.

— Peu importe, vous êtes dans mon imaginaire. Tout ça est faux.

Michel Madison l'observa en souriant méchamment pendant quelques instants, puis il ouvrit la bouche, exhibant une dentition fortement acérée baignant dans un sang rouge vif. Il tendit la main vers Alain Dupont, qui sentit son esprit se dissiper de son corps en l'entendant gueuler :

— Je t'ai dit de prendre ma main, sale con.

Exactement la même voix que le petit garçon en complet brun.

12

Depuis un moment, Alain Dupont ressentait une étrange sensation dans son corps. Ses lèvres étaient engourdies et sa vision, embrouillée. Il voulut signaler un problème à l'agente de bord, mais sa langue et sa mâchoire refusaient d'obtempérer. C'était comme si ses muscles s'étaient assoupis, et pire, il sentait qu'il perdait son énergie à une vitesse hallucinante. Michel Madison l'observait de ses yeux ébène, un sourire narquois accroché au visage.

— Tu n'aurais pas dû boire la vodka, Alain.

Dupont fixa le verre vide, mais n'arrivait pas à rattacher les pièces du puzzle. Pourquoi il n'aurait pas dû ? Ça paraissait tant que ça qu'il ne se sentait pas bien ? C'est vrai qu'il avait du mal à fermer sa bouche au complet. Ses lèvres étaient engourdies comme en sortant du dentiste. Il regarda Madison d'un air interrogateur.

— On ne pensait pas que tu boirais ton verre aussi rapidement, j'ignore ce que ça va donner.

Madison se tourna vers son voisin de droite qui haussa les épaules.

— Non, on ne sait vraiment pas ce qui va arriver, mais bon. Une chose est certaine, on sera bientôt fixés, n'est-ce pas ? ajouta-t-il d'une voix ricaneuse.

Un rire cruel et machiavélique. C'était du charabia pour Dupont. Pendant qu'il essayait de donner un sens à tout ce que racontait Madison, il n'avait pas remarqué l'aiguille plantée dans son bras droit. Madison finissait d'y vider le contenu d'une seringue. Alain écarquilla les yeux et voulut se débattre, mais son corps était tellement amorphe qu'il ne pouvait pas bouger.

— Je ne vais pas te mentir, Alain, tu ne vas pas bien te sentir au courant des prochaines heures. Et probablement encore moins par la suite. Je t'explique; tu as ingurgité un cocktail de drogues anesthésiantes ajouté à ta vodka. Ce cocktail a été préparé par l'agente de bord, Martine Laramée, tu la connais ? Pas besoin de répondre, elle sait qui tu es, c'est tout ce qui importe.

Le cœur d'Alain Dupont battait la chamade et il sentit que son esprit se détachait de son corps, comme s'il assistait à cette triste comédie en tant que spectateur. Il ne connaissait aucune Martine Laramée. Il émit un son guttural en tentant de crier, c'était le mieux qu'il pouvait faire dans les circonstances. Michel Madison serra les lèvres, feignant la compassion.

— Ouais, là, c'est l'autre cocktail qui commence à faire effet. Celui à base de Spécial K. Sais-tu c'est quoi, le Spécial K ? C'est le nom qu'on donne à la kétamine. C'est une drogue puissante surtout utilisée par les vétérinaires. Mais je te rassure, on l'administre aussi aux humains, dans certains cas, pour traiter des douleurs extrêmes. Tu vas me dire, avec raison, qu'il ne faut pas trop en donner et qu'on doit injecter un autre médicament pour contrebalancer les effets négatifs de cette drogue, mais bon, je ne suis pas médecin, qu'en sais-je ?

Encore une fois, Madison s'esclaffa de ce rire tonitruant et maléfique qui lui donnait froid dans le dos. Une force derrière Dupont le saisit sous les aisselles et le souleva de son siège, le temps qu'une agente de bord se penche pour glisser une couverture bleue capitonnée sous lui, puis on le laissa retomber lourdement. Madison l'observait toujours d'un air amusé.

— On est jamais trop prudent, hein, Alain ? Tout d'un coup tu te pisserais dessus. Parce qu'avec la quantité de Spécial K que je t'ai foutue dans le corps, ça se peut que tu ne contrôles plus ta vessie. Il ne faudrait pas abimer le mobilier de ce bel appareil, n'est-ce pas ? Tu te questionnes sûrement à savoir pourquoi je t'ai injecté un analgésique puissant contre les douleurs extrêmes alors que tu ne souffres pas, alors je te répondrai que c'est à titre préventif. Je ne lis pas dans les feuilles de thé, Alain. Mais j'ai l'impression que tu seras heureux que je t'aie donné cet élixir, dans quelques minutes.

Alain Dupont fut pris d'une incroyable frayeur en voyant les deux bras de Michel Madison complètement couverts de ce qui ressemblait à des écailles, comme sur l'épiderme d'un lézard. Il y en avait qui émergeait également à la base de son cou. Madison nota la panique dans son visage et eut une moue dédaigneuse.

— Je sais, j'ai la peau sèche. Qu'est-ce que tu veux que je te dise ? J'ai oublié ma crème hydratante.

Encore un rire cacophonique, mais cette fois, les autres aussi riaient à gorge déployée. Dupont remarqua que la majorité de ces gens le regardait d'un air curieux. Plusieurs passagers s'étaient levés pour assister au spectacle. Dupont ne comprenait toujours pas ce qu'ils lui voulaient. Pourquoi lui accordaient-ils tous cette attention ? Pourquoi les captivait-il autant ? Les gens se foutaient de lui, en temps normal, il n'était pas célèbre, sa vie était d'une navrante banalité, alors pourquoi tout ce cirque soudainement ?

— Tu sais, quand je disais que tout le monde ici te déteste, ce n'était pas de la frime ni une figure de style. C'est la pure vérité. Il y a un bémol, par contre, moi, je ne te déteste pas. Je ne te connaissais ni d'Adam ni d'Ève avant ce soir, alors pourquoi je te haïrais ? Tu ne m'as rien fait. Donc si ça peut mettre un baume sur tout ça, sache-le. Mais eux ? Je ne te dis pas, mon vieux. J'ignore ce que tu leur as fait, mais ça doit être colossal, parce qu'ils te détestent avec une passion que j'ai rarement observée dans ma longue existence.

Alain Dupont se braqua en voyant Michel Madison s'élancer et le frapper violemment sur son épaule droite. Bizarrement, il ne sentit rien.

— Aucun effet, hein ? valida Madison, stupéfait. C'est vraiment puissant, cette dope.

Madison s'empara d'un calepin, tourna des pages manuscrites et s'arrêta à l'endroit qu'il recherchait.

— La kétamine est un analgésique si intense que des gens pourraient se blesser et ne pas s'en rendre compte. On vient de prouver que c'est le cas, tu me confirmes que tu n'as rien senti ?

Incapable de parler, Dupont se contenta de regarder Madison, la terreur dans les yeux. Il était inquiet, car ses battements cardiaques étaient très élevés, c'était la seule chose qu'il pouvait ressentir, comme si son cœur était un cerf-volant coincé dans une terrifiante tempête.

— Il semblerait aussi que le Spécial K puisse provoquer

des infarctus ou des AVC, poursuivit Madison. Espérons que ce ne soit pas le cas, n'est-ce pas ?

Madison croisa les doigts, comme pour se moquer.

— Laisse-moi te poser une question, Alain. Est-ce que tu sais pourquoi tous ces gens sont ici ? Et pourquoi ils te détestent tant ? Cligne des yeux une fois pour oui, deux fois pour non.

Dupont ferma deux fois les paupières. Madison le scruta d'un air perplexe, comme s'il ne le croyait pas. Il lui demanda de faire un effort. Mais Dupont battit des cils deux autres fois.

— Le déni, c'est fort, pas vrai, Claude ? rétorqua Madison en regardant un homme imposant debout près d'eux.

Ce Claude dévisageait Alain depuis le début de cette mauvaise mise en scène. Il confirma la prémisse de Madison d'une voix lourde et caverneuse.

Celui-ci posa sa main sur le bras de Dupont, qui ne sentit toujours rien, puis s'approcha de lui.

— Veux-tu que je te dise ce que j'en pense ? Je pense que tu le sais. Je pense qu'au fond de toi, tu espères te tromper, que ce ne soit pas ce que tu imagines. J'ai tort ?

Dupont ne réagit pas, la physionomie de Madison se durcit. Il répéta en haussant le ton :

— J'ai tort ?

Dupont cligna des yeux deux fois. Le visage de Madison s'adoucit.

— Je m'en doutais. La bonne nouvelle, c'est que tu sais pourquoi ils sont là, et pourquoi ils te détestent. Mais la mauvaise nouvelle, c'est que tu sais pourquoi ils sont là et pourquoi ils te détestent.

Dupont sentait encore plus qu'il se dissociait de son corps, comme s'il survolait la scène, mais en faisant face à

Michel Madison en même temps. C'était particulier, comme sensation. Apaisant et terrifiant à la fois. Reviendrait-il éventuellement à la normale ? Ou est-ce que la dose que ce fou furieux lui avait injectée le tuerait ? De toute façon, il était trop tard. Il était spectateur de ce cauchemar éveillé. Il ne comprenait pas le rapport entre les événements du passé et la présence de ces gens. Qui étaient-ils ? Quel était leur lien avec tout ça ? Que voulaient-ils ? Des excuses ? Une confession ?

— Laisse-moi te poser une autre question, Alain. Est-ce que tu fais encore des cauchemars ? Revois-tu toujours l'énorme masse jaune ? Entends-tu toujours les cris ?

Cette fois, Alain Dupont sentit qu'il perdait la tête. Comment Madison savait-il pour les cauchemars ? Pour les cris ? Pour la masse jaune ? Qui était cet homme et en quelle espèce de créature était-il en train de se transmuter, pour l'amour du Christ ? Puis, son cœur ne fit qu'un tour en lisant le temps de vol restant sur l'écran devant lui : quatre heures et vingt-cinq minutes.

Fuck, le temps reculait.

Madison s'adressa aux personnes debout près de lui.

— Tout est prêt ?

— Oui, répondit un individu en retrait.

Madison regarda Dupont d'un air amusé. Puis chuchota quelque chose qui lui foutu la trouille.

— C'est le moment de payer, mon vieux.

Avant qu'il n'eût le temps de réagir, Dupont sentit qu'on le soulevait et le trainait vers l'arrière de l'appareil. Deux hommes trapus le manipulaient comme un vulgaire sac de sable. Ils le transportèrent, s'attardèrent sur quelque chose, puis le laissèrent retomber. Sauf que quelque chose le maintenait à la verticale. Tant bien que mal, il releva la tête pour découvrir ce qui le maintenait debout et trouva des chaines vissées dans la carlingue, ce qui le retenait en place contre son gré. Dupont voulut se débattre et lancer des coups de pied, mais son corps refusait toujours d'obéir. Puis il aperçut la foule qui l'examinait d'un air furieux et Michel Madison qui s'approchait en dansant avec des gestes saccadés.

Il avait un énorme sourire qui lui fendait la moitié de la face, d'une oreille à l'autre, avec une quantité bluffante de dents dans la bouche. Son rictus était plus large que son visage. Ça lui conférait une bouille disloquée et maléfique. Ses bras étaient complètement recouverts d'écailles vertes et grises; son cou également. Il marchait en sautillant, mais comme un astronaute en apesanteur. Et il dansait, tournoyant sur lui-même dans les airs, comme s'il souhaitait se donner en spectacle. Il avança rapidement vers Dupont et s'arrêta à quelques centimètres de son visage.

— Tu dois te demander ce qu'on te veut, n'est-ce pas ?

L'esprit de Dupont vagabondait dans tous les sens. Il crut qu'il devenait fou, tellement la scène était grotesque. Comment le sourire de Madison pouvait-il lui déformer la figure à ce point ? Comment arrivait-il à parler sans que ses lèvres bougent ? Son visage était gelé, comme sculpté dans la glaise, n'offrant que la triste vision de ce foutu sourire démoniaque. Comme le Joker dans Batman, mais figé dans la cire.

Madison posa sa main sur son épaule et Dupont hurla en réalisant qu'il s'en allait tout droit en enfer.

13

———

Dupont criait à s'en fendre les cordes vocales. Il empoigna fermement le volant devant lui. Ses jointures étaient blanches, tellement il le serrait fort. Le soleil l'aveuglait et d'emblée, il appuya de toutes ses forces sur les freins. Il fut projeté vers l'avant par l'effet centrifuge, mais il était bien retenu par sa ceinture de sécurité. Heureusement, il avait le contrôle de ses membres et de son corps. Il constata que l'habitacle de son véhicule bifurquait légèrement vers la droite et il craignit pendant un court moment que le mastodonte se renverse sur le côté. Mais le mouvement s'arrêta et il put reprendre ses sens.

Dupont plissa les yeux pour voir devant lui avant même d'essayer de découvrir où il était, et de comprendre pourquoi il n'était plus dans l'avion. Il sentit ses cheveux se raidir en remarquant la photo de Manon, sa première amoureuse, incrustée dans un collier en boules brunes accroché à son rétroviseur. Il n'y avait qu'un endroit où s'était trouvé ce collier, un seul endroit où il pouvait être en ce moment : la cabine de son ancien camion. Mais c'était impossible, ce camion avait été complètement détruit, il y avait déjà quelques décennies. Il sursauta en entendant une voix à sa droite.

— Tu te demandes ce qu'on fait ici, pas vrai ?

Une vision d'horreur, une frayeur qui saisit Dupont par les entrailles tel un animal aux crocs acérés. Michel Madison était assis sur le siège d'à côté, l'observant de ses énormes orbites parfaitement noires, et toujours affublé de son foutu sourire disloqué sorti tout droit d'un cauchemar.

Alain Dupont resta stoïque, complètement pétrifié. Il se sentait comme dans un mauvais rêve qui ne voulait pas finir. Il savait qu'en réalité, il était encore dans cet avion de merde, pendu par les poignets tel le Christ sur la croix, prêt à se faire crucifier par une horde de demeurés qui juraient le connaitre. Mais lui n'avait aucune idée de qui ils étaient. Pourquoi disaient-ils le contraire ? Il plongea son regard au travers du pare-brise pour la première fois et vit une scène d'horreur qui lui était familière, celle qu'il avait passé une bonne partie de son existence à essayer d'occulter. Celle qui terrorisait encore ses jours et ses nuits.

La masse jaune était là, au loin. Au même endroit qu'habituellement. Au même endroit que dans ses rêves les plus sadiques. Sauf qu'il ne savait plus s'il rêvait ou s'il y était vraiment. Ça ne pouvait être qu'un rêve.

On ne peut pas revivre deux fois la même expérience, non ? Personne ne peut voyager dans le temps.

Quelque chose attira son attention à l'extérieur de son habitacle, sur sa droite en diagonale. Michel Madison était là, à l'extérieur, mais il ne se ressemblait plus. Il s'apparentait plutôt à une espèce de monstre dont la peau était recouverte d'une armure maléfique scintillante au soleil. Il remarqua que Madison lui parlait, mais il n'entendait pas un traitre mot, sa cabine était trop bien insonorisée. Puis, Madison apparut à nouveau sur le siège du côté passager, sortant de nulle part. Dupont jeta un regard vers l'extérieur où se trouvait Madison quelques secondes plus tôt, il n'y était plus. Dans un sens, il fut soulagé que ce fou furieux ne soit pas capable de se multiplier. Puis, Alain scruta pour la première fois le visage de Madison qui se déformait à mesure que le temps s'écoulait. Il sentit la panique le prendre par la gorge.

— Mais putain de merde, qu'est-ce que vous êtes ? hurla-t-il.

Madison s'esclaffa d'un rire caverneux, et l'observa d'un air amusé.

— Tu veux parler de ça maintenant ?

— Oui.

— D'accord, mais si j'étais toi, je sortirais d'ici au plus vite.

Dupont eut le temps de voir une flamme lui lécher la joue droite avant de s'extirper du véhicule dans un geste vif en ouvrant la portière à sa gauche. Il gémit en tombant lourdement sur l'asphalte. Il se releva péniblement et s'écarta en titubant de la cabine qui s'embrasait. Alain rejoignit la forme effrayante qu'était devenue Michel Madison, puis se retourna pour regarder l'énorme camion s'incendier à une vitesse vertigineuse.

— Qu'est-ce que tout ça veut dire ? demanda Alain d'une voix tourmentée.

— Que tu as bien fait de t'éloigner !

Madison claqua ses doigts élancés ornés de longues griffes et Dupont fut projeté violemment vers l'arrière, soufflé par la puissante explosion du véhicule cargo qui venait de se désintégrer à quelques dizaines de mètres de là.

Alain se frotta la tête pour chasser la douleur et se releva avec précaution. Tous les membres de son corps le faisaient souffrir.

— Pourquoi suis-je ici ? Pourquoi me replonger dans tout ça ?

Pour seule réponse, Michel Madison haussa les épaules, toujours armé de son sourire disproportionné.

— Mais expliquez-moi, bordel. Qui êtes-vous ? En quoi vous êtes-vous métamorphosé ? Vous êtes un monstre ou quoi?

Madison roula ses immenses yeux charbonneux.

— Bon, bon. Un monstre. Tout de suite les grands mots.

— Alors vous êtes l'Antéchrist ?

Madison parut surpris par la suggestion, il hocha légèrement la tête.

— Si on veut, je suis ce qu'on appelle, un redresseur.

— Un redresseur de torts ?

— Précisément.

Dupont réfléchit pendant quelques secondes, ne saisissant toujours pas en quoi ça le concernait. N'avait-il pas déjà payé chèrement sa dette ? Madison lui fit un signe de la main pour lui faire comprendre que ce n'était pas important. Dupont sursauta en entendant des complaintes derrière lui qui lui glacèrent le sang.

— Ha, les cris, dit Michel Madison, d'un air beaucoup trop enjoué.

Dupont n'osa pas se tourner pour y faire face. Il savait trop bien d'où ça venait. Ce n'était pas la première fois qu'il se tenait debout à cet endroit. Ce n'était pas la première fois qu'il expérimentait cette scène ni qu'il entendait ces putains de hurlements lancinants. Ce n'était plus qu'un simple cauchemar inventé de toutes pièces par son esprit malade.

Plus il tentait de fuir cet horrible souvenir, plus il lui revenait en pleine gueule pour le faire souffrir encore et encore. Pour lui rappeler à quel point il devait chercher réparation. Il avait passé le plus clair de sa vie adulte à tout faire pour oublier ça, et il avait revécu ces horreurs jour après jour, nuit après nuit. Mais pas comme ça. Pas à ce point-là. Pas aussi réel. Pas aussi cruel.

— Regarde.

— Non.

La voix de Madison s'éleva et prit une sonorité d'outre-tombe.

— Je t'ai dit de regarder.

C'était sans appel. Alain Dupont tremblait de tous ses membres. Jamais n'avait-il eu si peur dans sa vie. Pas même la première fois que c'était arrivé. Mais cette fois, c'était terrifiant et ça l'empoignait par les tripes. Il se tourna vers les cris et les avait tout de suite repérés, exactement comme dans son souvenir. Des cris toujours aussi insoutenables.

— Non, je ne peux pas.

— Vas-y, hurla Madison.

— Non.

— MAINTENANT !

Dupont prit ses jambes à son cou, détalant dans la direction opposée. Il fut surpris que Madison ne s'efforce pas de l'arrêter. Le laisserait-il vraiment s'enfuir comme ça, tout bonnement ? Est-ce que ça serait aussi facile ?

Et juste comme ça, Alain Dupont fut soulevé de terre et projeté vers l'arrière. Comme s'il était rattaché à un puissant élastique qui le ramenait au même endroit, chaque fois qu'il tentait de fuir.

Il entendit des hurlements encore plus intenses, mais réalisa que c'étaient les siens. C'était maintenant lui qui était pris dans le ravin, dans cette mer infecte, entouré de cris de douleur mêlés à un silence de mort. Et droit devant lui, le fixant d'un air déconfit, se tenait sa propre silhouette immobile. Il sentait qu'il était en train d'étouffer, en train de se noyer avec toutes ces mains qui le tiraient vers le bas du ravin. Plus il descendait, plus il perdait le contact avec l'image de son corps sur la chaussée, et moins il pouvait respirer. Puis il hurla :

— J'étouffe. Aidez-moi, j'étouffe.

Mais son sosie l'observait sans rien faire. Sans l'aider. Il se contentait de le scruter aux côtés de Michel Madison qui s'était remis à danser de ses pas sinistres, en tournoyant sur lui-même et en riant aux éclats.

14

———

Michel Madison lui tournait le dos et semblait s'adresser à une foule quand ses paroles au départ incompréhensibles prenaient de plus en plus de leur sens à mesure que les secondes s'égrainaient. Aucun doute, Alain Dupont était de retour dans l'avion et il se sentit soulagé. L'effroi qu'il avait expérimenté quelques secondes plus tôt dans le ravin était insoutenable. Au moins, ici, il avait encore une mince chance de s'en sortir.

En levant la tête, il réalisa qu'il était toujours rattaché au plafond de l'appareil, pendu par les poignets. Il nota aussi que ses épaules s'étaient disloquées à cause du poids de son corps qui le tirait vers le sol, mais il ne ressentait aucune douleur. Le visage terrifiant de Madison se vira vers lui, et quand il constata qu'Alain était revenu à lui, il se fendit de son rictus maléfique, de ses dents pointues et infectes, puis se tourna dans la direction opposée.

— Mesdames et messieurs, je vous répète les consignes. Vous n'avez droit qu'à deux coups. Je comprends votre fureur, mais laissez-en pour tout le monde. Et pour l'amour du ciel, ne visez pas la tête. On veut qu'il soit conscient de tout. On veut qu'il vous entende.

Il termina sa phrase en hurlant de rire, entrainant les ricanements des autres dans son élan. Alain Dupont pencha la tête sur le côté pour tenter d'y voir plus clair, mais l'énorme carcasse de Michel Madison bloquait son champ de vision. C'est seulement à cet instant que ça le frappa de plein fouet. À quel point Madison était beaucoup plus gros et grand qu'au départ ! Bon Dieu, il devait mesurer près de sept pieds maintenant et il devait avoir ajouté une cinquantaine de livres de muscles à sa charpente. Et c'est aussi à ce moment que Dupont réalisa que le monstre était nu. Son corps était recouvert d'écailles et ses yeux étaient complètement noirs. Il ressemblait à un effroyable lézard. Fini la combinaison éclatante de son cauchemar. Ce fils de pute se métamorphosait à la vitesse de l'éclair.

Dupont fut saisi d'une immense frayeur quand Madison bougea sur le côté pour laisser place à une vision atroce : tous les passagers attendaient les uns derrière les autres, l'observant d'un air sinistre, et il reconnut l'homme au début de la file, le même qu'à l'aéroport, celui qui l'avait pris à partie dans la salle de bain. Le mec empoigna un bâton de baseball en aluminium sur lequel on avait malhabilement peint la bouille d'un clown grotesque à l'allure maléfique. L'homme s'approcha de Dupont et, le visage écarlate, lui dit des choses horribles.

— Mon père s'est suicidé deux ans après, maudite charogne.

Il s'élança vers l'arrière et rabattit le bâton de baseball dans les côtes de Dupont qui, encore une fois, ne sentit rien, outre l'effet de recul de l'impact. Il était incapable de parler, il ne pouvait que regarder son assaillant implorant sa pitié. Il ignorait qui était ce type, tout comme les autres qui attendaient en ligne. Mais eux le connaissaient, et pire, lui voulaient du mal. Que leur avait-il fait, pour l'amour du ciel ?

L'homme imposant savoura le moment pendant quelques instants qui parurent comme une éternité, puis il s'élança de nouveau, cette fois sur le côté du genou gauche d'Alain, disloquant le joint de sa jambe qui virevolta devant son visage avant de retomber au sol. Le pied pointait complètement vers l'arrière. Dupont comprenait mal pourquoi il ne ressentait pas de douleur. Bien sûr, il y avait cette drogue qu'on lui avait injectée, mais on était quand même en train de lui amputer le corps à coups de bâton de baseball, comment était-ce possible ? Qu'est-ce que ça voulait dire et surtout, qu'est-ce qui se passait depuis son arrivée à l'aéroport, fuck ?

Madison hurla de rire en voyant la jambe disloquée de Dupont et il félicita l'homme pour son coup digne des ligues majeures. Le monstre dansait encore et toujours en tournoyant sur lui-même, un bras face à lui, l'autre au-dessus de sa tête comme un danseur de flamenco. L'individu imposant remit son bâton à une femme qui fixait Dupont d'un sadisme à vous fendre l'âme.

— Vermine sans cœur. Si tu savais tout ce que j'aurais pu faire, si je n'avais pas croisé ta route, sale rat.

Elle s'élança du bas vers le haut et tapa le bâton entre les jambes de Dupont. Madison beugla de plaisir.

— Dans les couilles, ricana-t-il fortement, comme hystérique. Directement dans les noix.

Et il riait, il riait comme un fou. Et les autres riaient également en le voyant aussi excité par ce qui se passait devant lui.

Pour son deuxième coup, la femme rabattit la batte sur l'épaule de Dupont, accrochant légèrement son oreille et en arrachant la moitié au passage. Satisfaite, elle remit le bâton à l'homme suivant. Un type grand et longiligne. Il contempla Dupont d'un air amusé.

— Tu sais ce qui est pire ? J'étais le meilleur joueur de baseball de ma ville, avant tout ça. Alors, je vois ça comme un heureux coup du sort. Tu ne crois pas, ordure ?

Sans attendre de réponse, il frappa Dupont violemment dans les côtes, mais fut terrifié que sa cage thoracique se soit déformée sous l'impact. L'homme comprit qu'il venait de lui briser les côtes du côté gauche et craignit qu'elles lui transpercent le cœur. Il se retourna, inquiet, vers Madison qui lui fit signe de poursuivre, l'assurant que tout allait bien. L'homme ne voulait pas enlever le plaisir aux autres en le tuant. Il le frappa plus prudemment, sur le coude droit, cette fois, renfonçant le bras de Dupont. Ce dernier écarquilla les yeux en observant son membre pointer vers l'extérieur dans un angle de quarante-cinq degrés. Il sentit le désespoir le submerger, mais il était incapable de pleurer. Après son deuxième coup, l'homme s'était tourné vers la foule, triomphant, les bras dans les airs.

— Je vous l'avais dit que j'étais tout un joueur de baseball, hein ? Regardez comment je l'ai démoli, ce con.

Il scruta une dernière fois son œuvre en souriant, avant de remettre le bâton à une autre personne.

Dupont passa près de perdre conscience plusieurs fois, mais Madison le ramenait à la réalité en lui touchant le bras de sa main griffée et écaillée.

— Non, pas encore. Tu restes avec nous.

Et Dupont reprenait ses esprits, comme si on venait de lui injecter une puissante dose d'adrénaline. Il devait endurer les injures et les invectives de tous ces gens, voir son corps se disloquer, voir ses testicules être broyés, spécialement par des femmes, et réaliser que ses membres n'avaient plus rien à voir avec leur forme d'origine.

Il avait plusieurs fractures ouvertes, plusieurs os visibles jaillissaient de son corps comme les épines longues et pointues d'un rosier. Les dernières personnes s'amusaient d'ailleurs à frapper sur les ossements saillants à l'aide du bâton. Personne n'avait de scrupule ou de réserve. Ils le tabassaient tous sans relâche, avec abandon. Même les agentes de bord avaient manifestement quelque chose à lui reprocher. Le seul qui ne participait pas à cette boucherie était Michel Madison. Il dirigeait les activités, comme un maitre de cérémonie venu tout droit de l'enfer. Satan lui-même n'aurait pas pu être plus barbare, plus inhumain.

Toutes les personnes dans l'avion avaient environ le même âge, autour de la trentaine. Tous avaient en commun d'avoir le visage tordu par la haine, l'écume à la bouche comme des chiens dégoulinants de la rage. Tous le frappaient sans vergogne. Le clown peint sur la batte de baseball s'abattait sur lui avec fureur de son faciès maléfique qui le fixait dans les yeux avec délice. On aurait dit qu'il était vivant.

Dupont scruta ses jambes et réalisa qu'une d'elles ne tenait que par des lambeaux de chair, l'autre étant totalement disloquée. Même chose pour ses bras, toujours dressés au-dessus de sa tête, et qui retenaient sa carcasse de plus en plus difficilement. Il y avait plusieurs fractures ouvertes, à tel point que Dupont se demandait comment ils pouvaient encore supporter son corps. Alain avait peine à respirer, sûrement attribuable à ses poumons transpercés par ses côtes enfoncées.

Il fixa Madison qui, lui, le contemplait de son sourire outrancier et ses yeux d'encre. Il ne dansait plus, se contentant de l'observer avec un mélange d'amusement et de dédain. Ceux qui l'avaient frappé étaient retournés vers l'avant de l'avion pour sabrer le champagne. Plus que deux personnes qui n'avaient toujours pas assouvi leur rage sanguinaire. Il n'y avait plus grand-chose à détruire, de toute façon. Il ne subsistait que sa tête, qui était intacte. Madison les avait bien prévenus de ne pas la cibler. Les gens respectaient ses consignes à la lettre. Dupont était étonné que ce monstre ait autant d'emprise sur eux, malgré leur fureur évidente. Il fut surpris que personne ne prenne de libertés et ne fasse voler son cerveau en éclats. Et pourquoi n'étaient-ils pas horrifiés par la bête en laquelle Madison s'était transformé ? Peut-être le voyaient-ils dans sa forme humaine ? Peut-être que pour eux, Madison était encore ce mec élancé et distingué aux yeux azurés ? Peut-être que c'était uniquement lui qui concevait la vraie nature du monstre. Le seul à réaliser à quel point il était démoniaque.

Le regard d'Alain se posa sur un type en retrait qui lui était familier. L'homme se contentait de l'observer placidement. Il n'avait pas participé au carnage, en tout cas, pas à son souvenir. Mais pourquoi son visage lui disait-il quelque chose ? Pourquoi restait-il à l'écart ? Puis il le reconnut, clair comme le jour. Le veston brun, la cravate noire. C'était le petit garçon aux dinosaures. Le gamin avec la bouche maculée de sang. Il comprit qui il était depuis tout ce temps en le voyant dans sa forme adulte, il baissa la tête. Il se rappelait ses grands yeux affolés, sa gueule ouverte. L'expression de son faciès terrifié dans la mort.

Dupont était sur le point de perdre connaissance quand

Madison s'approcha de lui, son énorme tronche à quelques pouces de son oreille.

— Tu sais, le pire dans tout ça ? C'est que tu te dis que tu as vécu l'horreur avec tous ces gens qui te détestent au point de te frapper de toutes leurs forces sur le corps avec une batte de baseball. Tu penses que rien de pire ne pourrait t'arriver. Mais je t'assure que ce n'est rien, comparé au moment où le médicament cessera de faire effet, lorsque ton corps sortira de sa torpeur.

Dupont voulut hurler, mais il était toujours muet. Il regarda le démon avec effroi. Madison s'esclaffait en tournant sur lui-même, virevoltant comme une toupie en montant et descendant dans les airs dans le cockpit. Il hurlait de rire. Les autres s'étaient retournés vers eux et riaient également, aussi fort que Madison.

Puis le monstre se rapprocha à nouveau d'Alain en tournoyant, le saisit par la gorge et l'arracha de ses liens. Puis, lança d'une voix enjouée :

— Mon pauvre vieux, regarde-toi. Tu as besoin de prendre l'air.

D'un geste brusque, il projeta Dupont vers les hublots à sa gauche, mais au lieu de s'écraser contre le mur comme il aurait dû, il traversa le carrelage et se retrouva soudainement trente-cinq mille pieds dans les airs. Il gueula, et cette fois, sa voix était perceptible. Son corps descendait en vol libre à une vitesse folle, à tel point qu'il se demandait comment c'était possible qu'il respire à cette altitude, pourquoi ne s'évanouissait-il pas ?

Puis il vit la terre se rapprocher à une vitesse folle.

Il cria une dernière fois en fermant les yeux.

15

Alain Dupont se sentait amorti et désorienté. Il y avait toujours de forts rayons de soleil qui l'aveuglaient, puis la photo de son ex, Manon, de biais à sa droite, accrochée au collier de bois. Il était assis et retenu solidement par sa ceinture de sécurité, il observait la route se dérober devant lui, ses yeux n'arrivaient pas à bien voir.

Ça faisait longtemps qu'il ne s'était pas senti comme ça, qu'il n'avait pas ressenti l'engourdissement salvateur de l'alcool. Il sourit en voyant que ses bras étaient de nouveau dans leur état normal et que ses jambes étaient fonctionnelles et, surtout, dans le bon angle. Mais la vérité le heurta de plein fouet et il réalisa que ce qui semblait être un mauvais rêve (l'avion, tous ces gens qui le frappaient, Michel Madison hideux et pharaonique) n'était rien par rapport au cauchemar dans lequel il venait d'être replongé, rien comparé à ce qui l'attendait.

Il savait que cette fois, il ne se réveillerait pas en sursaut dans son lit, imbibé de sueur. Qu'il n'y avait aucune issue !

Cette fois, c'était vrai, il était captif de ce songe traumatisant et maléfique. Comme lorsqu'on est prisonnier dans le wagon d'une montagne russe incomplète. Dupont leva ses deux bras lourds et s'efforça malhabilement de saisir l'immense volant devant lui. Il plissa les yeux pour tenter d'y voir plus clair. Peut-être était-ce une chance de se racheter ? Peut-être pouvait-il changer les choses ? Changer le passé ? Peut-être que c'était ce que ces personnes attendaient de lui. Dupont projeta ses deux pieds sur le frein, mais il manquait toujours la cible. Il se pencha pour chercher la pédale sous le tableau de bord et, nom de Dieu, il n'y avait rien. Il savait que c'était imminent, il venait de passer la petite fermette avec la maison au toit rouge et s'approchait de l'arrêt obligatoire, qu'il ne ferait pas. Ses paupières s'alourdirent, comme s'il luttait contre le sommeil. Il hurla pour se garder éveillé, il voulut baisser la fenêtre à sa gauche, mais la manivelle se brisa dans sa main après un demi-tour. Tout dans ce camion était conçu pour qu'il ne puisse faire quoi que ce soit. Qu'il soit un simple spectateur de l'effroyable scène qu'il s'apprêtait à vivre, encore une fois, vingt ans plus tard presque jour pour jour.

Ses yeux s'emplirent de larmes en voyant s'amener à sa droite, l'énorme masse jaune qui ne se doutait pas du malheur qui l'attendait. Dupont frappait dans le plancher sous lui avec une telle force que son pied traversa le tapis du camion et resta coincé dans le trou. Dupont fixa le véhicule qui arrivait sur sa droite, le chemin était libre, car c'est Dupont qui avait un arrêt obligatoire. Alain cria : « Freine, mais freine, enfoiré ! » en s'adressant à l'autre conducteur. Mais comme la première fois, il ne stoppait pas. Comme la première fois, il se fiait à un Alain Dupont intoxiqué par l'alcool pour faire ce qu'il devait faire. À un Alain Dupont qui s'était dit que ce n'était pas grave de conduire, qu'il n'était pas si saoul que ça, en sortant d'un repas bien arrosé avec un ami. Il s'était endormi au volant pour ne se réveiller que lorsque l'autre véhicule avait klaxonné, juste le temps de voir que ni lui ni l'autre conducteur n'auraient le temps de freiner, qu'il n'y avait aucun moyen d'éviter la catastrophe. Dupont, dans son énorme monstre métallique, la citerne pleine de pétrole, qui arrivait comme un missile avec ses dix-huit tonnes accentuées par la vitesse de son élan.

Dupont revoyait une fois de plus le visage déformé par la terreur du chauffeur avant l'impact. Ils s'étaient regardés dans les yeux, sachant ce qui se passait. Comme des pairs indissociables dans cette mort inéluctable, autant pour Dupont que pour les occupants de l'autobus scolaire. Puis, il y eut un moment d'apaisement total, comme si tout flottait dans les airs, sans son ni lumière. Le dernier espoir avant le crash brutal.

Et ce bruit.

Ce bruit infernal de tôle qui se tord, d'explosion assourdissante, comme un projectile immense qui frapperait une cible titanesque. Quelqu'un aurait voulu coordonner l'accident, réaliser cette tempête parfaite, qu'il n'aurait jamais été capable de le faire. Encore une fois, Dupont perdit la carte dans le vacarme effrayant du nez du camion qui s'écrasait, et de sa cargaison qui déviait violemment vers sa droite, un fardeau qui n'avait pas résisté à la force d'inertie du camion qui avait décéléré presque entièrement en quelques secondes, propulsant le conducteur vers l'avant, bien retenu par sa ceinture de sécurité qu'il avait attachée, pour une rare fois.

Comme si, instinctivement, il avait anticipé ce qui se préparait. Il savait que c'était son égocentrisme qu'il l'avait poussé à boire, même s'il était assez intelligent pour réaliser que c'était trop, ce même égocentrisme qui lui avait fait prendre le volant de cette bombe avec son chargement de pétrole, capable de détruire à peu près tout sur son passage. Et que c'était à cet instant qu'il s'était dit que bien qu'il avait peu d'égard pour les autres, ça n'était pas une raison pour causer sa propre perte. Il avait bouclé sa ceinture, au cas.

Avec le recul, il aurait préféré périr. Il y a de ces moments dans la vie où la mort est plus douce que la survie.

Il vit encore avec terreur l'autobus projeté dans les airs, tournoyant plusieurs fois sur lui-même avant de se désintégrer en retombant au sol. Il vit à nouveau les minuscules carcasses se faire éjecter du véhicule, déchiquetées, comme des petits anges s'envolant vers le ciel. Sauf que c'était le contraire. Elles ne filaient pas vers le paradis, Elles s'écrasaient sur la route comme des poupées de chiffon dans le fracas terrible d'une masse frappant lourdement le sol. Tout ce qu'Alain espérait, c'est que les petits anges fussent morts au moment de l'impact, car l'image de leur modeste squelette sur l'asphalte était insoutenable.

Plusieurs minutes s'écoulèrent avant qu'Alain Dupont ne prenne conscience de ce qui venait de se passer. Ça lui revenait à ce moment-là : l'effluve de pétrole provenant de l'arrière mêlé à l'odeur de caoutchouc et la senteur de poudre des freins de son mastodonte. Il se rappelait l'autobus scolaire jaune, fendu en plusieurs morceaux, comme le Titanic, dont une partie gisait dans le ravin à sa droite, et les autres débris, au milieu de la route. Il repensait aux corps près de l'autobus, mutilés, arrachés de leurs membres et parfois même, de leurs têtes. Il se souvint que quelque chose l'avait poussé à sortir de son habitacle, qu'il devait s'écarter de son camion à tout prix.

Sauf que s'éloigner voulait dire se rapprocher de l'igno-minie. Qui pouvait vivre une vie normale après avoir vu tous ces corps d'enfants désarticulés sur le sol, et dans le ravin ? Qui pouvait vivre une vie normale en étant responsable d'une telle dévastation ? En sachant que tout ça était sa faute ? Parce qu'il s'était endormi, trop intoxiqué par l'alcool ingurgité une demi-heure plus tôt...

Il n'y avait personne avec eux. Aucune autre voiture, aucun témoin. Seulement Dupont et les enfants. Comme si quelqu'un avait eu la délicatesse de leur réserver ce moment bien à eux. Comme s'ils devaient vivre ça dans l'intimité. Dupont avançait, faisant un effort concerté pour ignorer les cadavres à ses pieds.

Puis, une énorme explosion l'avait projeté vers l'avant et il s'était écrasé au sol, face contre terre, comme si quelqu'un l'avait violemment poussé dans le dos. Était-ce Michel Madison qui était là depuis tout ce temps ? Même au moment des événements ? Est-ce que Michel Madison était le monstre qui avait causé tout ça ? Le malin qui s'était incrusté en lui pour qu'il boive plus qu'il n'aurait dû ? Qui avait orchestré la cohésion de l'impact ?

Il se vira pour vérifier s'il était derrière, mais il n'y était pas. Alain était seul avec les victimes, comme à l'époque. Il regarda vers l'avant et eut le réflexe de reculer dans ses traces en voyant le corps à moitié estropié d'un jeune enfant aux cheveux bruns et aux yeux comme des billes sépia. Il avait une grimace pareille à un rictus malfaisant, la mâchoire frac-turée. Le petit garçon était étendu, mort, devant lui, l'obser-vant d'un œil sans éclat. Il portait un t-shirt avec le décalque d'un avion volant en plein orage.

Dupont se releva pour s'éloigner, même s'il savait qu'il ne faisait pas la bonne chose, qu'il ne cherchait qu'à se sauver lui-même. Il s'approcha de l'autobus jaune dont les indicateurs d'arrêt obligatoire étaient activés, comme si le chauffeur avait voulu protéger les petits avant l'impact. Dupont aurait pu jurer que les clignotants n'étaient pas en fonction au moment de l'accident, mais peut-être se trompait-il ? C'était arrivé si vite.

Il enjambait les menus cadavres en les ignorant consciemment. Il s'aperçut que le conducteur était toujours emprisonné sur son siège, retenu lui aussi par sa ceinture de sécurité, un luxe que les enfants n'avaient pas eu. Sauf que ça n'avait pas été suffisant pour lui sauver la vie. On ne se sortait pas indemne d'un choc d'une telle amplitude, ni d'un vol plané dans les airs, ni d'un tourbillon funeste. À pas feutrés, Dupont s'approcha de la fenêtre du conducteur, et ce qu'il découvrit lui glaça le sang. Il posa sa main sur sa bouche en l'observant, la tête appuyée sur le volant devant lui, la face tournée vers Dupont comme s'il l'étudiait, la même expression d'effroi sur le visage, les yeux écarquillés qui le scrutaient comme pour lui demander de l'aide, la bouche ouverte au maximum de sa capacité, comme s'il hurlait de terreur pendant qu'il mourait, le front fêlé en deux, comme une noix de coco qu'on aurait fendue à l'aide d'une machette. Dupont pouvait voir la matière grise de son cerveau qui s'était écoulée sur son crâne. Il l'avait reconnu. C'était lui, le garçon en complet cravate. C'était lui, le petit qui jouait avec les dinosaures, qui avait souri avec la bouche ensanglantée. C'était lui, l'homme en retrait qui l'observait pendant que les autres le frappaient sans vergogne. Dupont ne savait pas ce qu'il avait fait pour mériter sa clémence, mais il lui en était reconnaissant. Et c'est à ce moment-là qu'il avait entendu les cris pour la première fois. Qu'il avait entendu les horribles hurlements lugubres provenant du ravin !

Ce qu'il ferait ensuite allait changer le cours de sa vie à tout jamais.

Et causer sa perte.

16

« Mais qu'est-ce que c'est ? », se demanda Alain Dupont en avançant vers le fossé, même s'il connaissait déjà la réponse. C'était sa façon malhabile d'espérer une tournure différente. Que ce ne soit pas ce qu'il redoutait. Une odeur de soufre s'échappait de l'autobus scolaire, mais Dupont comprit plus tard que c'était l'odeur du sang qui brûlait. Les survivants des camps de concentration nazis disaient qu'une des choses qui subsistaient de leur passage dans ces lieux maudits, c'était l'atmosphère de mort qui y régnait, l'odeur des gens qui calcinaient. Alain Dupont était loin d'être un survivant des camps de concentration. Pour être honnête, il avait plus en commun avec les tortionnaires que les victimes, mais c'était aussi ce qui lui était resté en mémoire de cet atroce accident : l'atmosphère de mort et l'odeur du sang qui brûle.

Puis, il s'arrêta net en voyant pour la première fois ce qu'il craignait. Les corps sectionnés de jeunes enfants, certains avec la tête arrachée, l'air absent avec les yeux mi-clos. Si ce ravin s'était transformé en charnier, alors d'où venaient les lamentations ? Dupont n'osait plus s'avancer, la peur le prenait par les entrailles, comme lorsqu'on est incapable de se rendre aux confins d'un précipice, de peur d'y sombrer. C'est à ce moment qu'il vit les premiers yeux implorants, qu'il comprit d'où provenaient les cris. De petites âmes battantes, toujours vivantes, qui refusaient tenacement de rendre leur dernier souffle. Ils voyaient en Alain Dupont leur libérateur, celui grâce à qui ils avaient une chance de sortir de ce tombeau boueux en vie. L'homme les observait de loin, en silence. Ses yeux étaient expressifs, ils articulaient à quel point il préférerait que ces gamins tombent sur une autre personne, sur quelqu'un de plus courageux, sur quelqu'un de meilleur que lui. Son regard implorait leur pitié et leur pardon. Les enfants avaient saisi qu'ils étaient condamnés en le voyant s'écarter en reculant. Ils s'époumonèrent encore plus fort, comme pour le convaincre une dernière fois d'agir. Cette cacophonie outrageuse qui avait hanté ses nuits depuis sa couardise si immonde qu'il n'était plus capable de vivre avec lui-même. Il avait une deuxième chance de poser le bon geste, mais il s'apprêtait encore une fois à échouer. À se laisser tomber lui-même, et, pire, à abandonner ces petits à leur sort.

Ça lui vint d'un coup, comme une impulsion. Il avait compris qu'il n'y avait aucun moyen de s'en sortir, s'il demeurait là. Rescaper les mômes, ça voulait dire qu'il lui fallait rester là jusqu'à ce que les secours arrivent. Plusieurs étaient déjà morts. Les images de tous ces petits chérubins démembrés et broyés, les autres les verraient aussi et personne ne serait insensible devant cette vision horrifiante. Devant ces parties de corps d'enfants meurtries, arrachées, déchirées.

S'il demeurait là, tout le monde se foutrait de sa bonne action, d'avoir sauvé les quelques gamins encore vivants. On le traiterait comme un monstre, de toute façon. Il avait bu beaucoup plus qu'il n'aurait dû, son haleine empestait l'alcool, son cerveau obscurci n'avait pas vu l'arrêt obligatoire à l'intersection. Le soleil dans son visage n'avait pas aidé non plus, mais il n'y avait pas d'excuse justifiant de lancer plusieurs tonnes de métal sur un autobus scolaire empli de bambins au début de leur parcours de vie.

Rien de ce qu'il pouvait dire ne compenserait pour tout ça. Il deviendrait un paria. Même s'il sortait de prison un jour, son existence était foutue. Les obstacles à son futur étaient là, bien enfoncés dans la boue de ce ravin dans lequel gisaient les petites carcasses abimées. Il ignorait pourquoi, à l'époque, et il ne savait toujours pas pourquoi maintenant, mais il crut que sa seule chance de s'en sauver, c'était de disparaitre.

Il aurait le temps de dégriser avant qu'on ne le retrouve. Au pire, après avoir retrouvé ses esprits, il pourrait se rendre en arguant qu'il avait été pris de panique en voyant tous ces corps frêles jonchés sur la route et dans l'herbe; il pourrait dire que plus personne n'était vivant, un mensonge qu'il apporterait dans sa tombe.

Il souhaitait que l'explosion du camion ait effacé toute trace de sa présence. Il aspirait à ce que le brasier complique la tâche des policiers et qu'ils mettraient du temps à réunir les pièces du puzzle, à comprendre ce qui s'était passé.

Bien entendu, il avait terriblement mal, il s'était enfui par les champs de maïs qui s'étendaient à perte de vue et avait couru pendant ce qui lui avait semblé une éternité. Il n'avait jamais regardé derrière et ne s'était arrêté que lorsque les cris s'étaient dissipés, parce qu'il était rendu si loin qu'il ne les entendait plus, ou simplement parce que la fatalité avait fait son œuvre.

Il avait ensuite rejoint une route, puis un petit ruisseau. Il s'était couché dans l'herbe sur le bord de l'eau après s'être aspergé le corps de l'eau glacée pour effacer toute trace de sa mésaventure. Il n'y avait plus de poussière sur ses vêtements ni de soufre sur le tissu. Plus que des égratignures sur ses mains et ses avant-bras, résultat des fragments qu'il avait reçus lorsque les vitres avaient volé en éclats.

Il observait le ciel, espérant une réponse qui n'arriverait pas. Il avait beau ressasser dans sa tête tout ce qui s'était déroulé, rien ne justifiait ce qu'il venait de faire. Personne ne pourrait s'en sortir indemne, en choisissant la fuite au lieu de la vie d'enfants. C'était une décision à rendre dingue n'importe qui de normalement constitué. Le cerveau humain peut endurer une partie d'inconcevable, mais à un moment donné, ça devient ingérable.

C'était probablement ça qui se produisait depuis qu'il avait mis le pied à l'aéroport : il était fou. C'est pourquoi il imaginait Michel Madison en train de se métamorphoser en monstre immonde sous ses yeux. C'est pourquoi il ne ressentait rien lorsqu'il se faisait frapper par tous ces passagers à moitié-fous. C'est pourquoi il oscillait d'un monde à un autre sans cesse. Passant de l'avion à l'accident, de retour dans l'avion et encore assis au volant de son camion-citerne. C'était la seule explication logique, mais un détail le tracassait. S'il était vraiment en plein délire, s'il imaginait réellement tout ça, alors pourquoi en était-il conscient ? Après tout, lorsque nous dormons, nous n'arrivons pas en plein milieu de notre rêve en disant : « Je comprends, je suis en train de rêver. » Alors comment ça pourrait être différent dans la folie ? Une portion de notre esprit demeure-t-elle lucide, en retrait ? Alors que le cerveau reptilien plonge dans la folie, le cerveau limbique prend la mesure des choses ? Ou est-ce l'inverse ?

L'autre option le terrifia davantage. Et si c'était vrai ? S'il n'était pas délirant ? S'il vivait réellement tout ça ? L'odeur du sang était si authentique. Dupont connaissait exactement la suite des événements, à partir de là. Il retournerait chez lui, quelques heures plus tard, six voitures de police arriveraient en trombe devant son appartement, et encore une fois, son premier réflexe serait de s'enfuir. Mais cette fois, sans succès. Le reste, la prison, les récriminations des familles ainsi que celles de la population, sa réinsertion sociale ardue après sa libération pour bonne conduite. Mais surtout, le souvenir et les cauchemars de ces hurlements, de ces corps démembrés, du visage du chauffeur figé dans l'horreur à tout jamais. Il ne pourrait l'endurer une seconde fois.

Puis il y avait ça. L'avion, Madison, les coups. Comme une sentence que Dupont anticipait. Après tout, ne vivons-nous pas tous par le sens moral qu'on nous a enseigné ? Que si l'on fait du mal, on en payera le prix au centuple ? Qu'est-ce qui est pire que de tuer des bambins ? Qu'est-ce qui est plus terrible que le refus de porter assistance, donc de les laisser mourir ? Qu'est-ce qui est plus immonde que de se choisir au détriment de la vie de quelques enfants ? Rien ne pouvait le justifier. Alors ce qui se produisait n'était-il pas qu'un juste retour des choses ? Et si c'était le cas, pourquoi Dupont était-il si terrifié ? Pourquoi était-il incapable de l'accepter avec sérénité ? À moins que sa peur ne fît partie de son châtiment ? On dit qu'à vaincre sans péril, on triomphe sans gloire. C'était peut-être la même chose dans l'expiation de ses péchés ?

Il sentit une force le prendre à ras le corps et l'empoigner si fort que toute sa charpente se contorsionna, et il eut si mal que ses yeux se révulsèrent. Mais il ne perdit pas conscience. Il avait plus mal que ce que le cerveau humain peut normalement endurer, et il comprit immédiatement pourquoi, au milieu de ses hurlements étourdissants, au travers de sa douleur insoutenable, en voyant que Michel Madison était penché au-dessus de lui, une main sur sa carcasse et son foutu sourire dément, débridé et délirant. Dupont était de retour dans l'avion, écrasé au sol, en plein centre de l'allée et il hurlait au point où ses tympans menaçaient de fendre à tout moment. Et plus il hurlait, plus Madison riait, plus son énorme bouche s'élargissait comme s'il allait l'avaler d'un seul coup, et plus ses yeux s'écarquillaient. L'arôme fétide qui s'échappait du gosier du monstre s'était frayé un chemin jusqu'à ses narines et il crut vomir, jusqu'à ce qu'il réalise que c'était exactement la même odeur que dans le ravin, l'odeur du sang brûlé. Mais il n'entendait plus les cris, seulement le sien. Il sursauta en voyant ce qui s'apparentait à de petites mains grimper dans la gorge de Madison, comme celles des enfants empoignant l'herbe et la boue dans le ravin, dans un ultime effort pour remonter à la surface. Puis, Madison se releva et Dupont remarqua la foule devant lui et réalisa finalement ce qui se passait. Il comprit que les adultes dans l'avion, ceux que Michel Madison contrôlait comme un maestro majestueux, ceux qui le frappaient avec une telle rage et un tel abandon, étaient en réalité les enfants qu'il avait tués ce jour-là, à l'âge qu'ils auraient aujourd'hui.

Au lieu des adultes du départ, se tenait maintenant devant lui un cortège de gamins. Des mômes à la peau de pêche et aux pommettes roses qui le scrutaient, le visage stoïque. Dupont en reconnut quelques-uns. Ces visages ne s'étaient jamais effacés de sa mémoire, il était condamné à s'en souvenir jusqu'à la fin de ses jours, et peut-être même après, qui sait ?

Dupont fut pris de vertige en réalisant que son bras droit n'était plus attaché à son corps. Il tourna les yeux pour regarder vers le plafond de la carlingue et repéra son bras qui pendait, encore agrippé au lien qui le maintenait à la verticale un peu plus tôt. Il observa son autre bras qui était toujours accroché à son épaule gauche, mais seulement par quelques lambeaux de chair, et par quelques ligaments. Ses jambes étaient si mutilées qu'elles pointaient dans des directions opposées, dans une forme qui n'avait plus rien d'humain. Il ressemblait à un pantin désarticulé qu'on aurait laissé tomber par terre à la fin d'une représentation. Il ne pouvait plus bouger, hormis sa tête sur l'axe de son cou.

Les enfants se mirent à avancer vers lui, l'air impassible. Les pas se voulaient lourds, comme ceux de soldats en pleine parade. La cadence était parfaite et Madison les admirait, comme un sculpteur fier de son œuvre. Puis, il observa Dupont, écrasé par terre, de ses grands yeux noirs et malicieux. Son immense sourire exagéré ne s'était pas effacé de son visage depuis le début. Cette chose achevait son destin. C'était le clou du spectacle, sa raison d'exister. Ce pourquoi il était sur ce vol. Pour accomplir sa vocation plus grande que la vie elle-même. Il l'avait mentionné, il était le redresseur. Et ce qu'il cherchait pour ces enfants, c'était la réparation. Et il l'obtiendrait, que Dupont le veuille ou non. La justice des hommes avait failli à la tâche, la justice du redresseur n'allait pas rater le coche. Pas avec un Michel Madison surexcité qui assistait à la conclusion du spectacle comme un observateur sur le bout de son siège, en extase avant le crescendo qu'il anticipait d'un moment à l'autre, les frissons partout sur son corps écaillé.

Les premiers enfants gravirent un rictus sur leurs petits visages fragiles et leurs yeux devinrent sévères. Puis leur sourire aussi s'élargit au-delà de ce qui est humainement imaginable. Leurs minuscules dents de lait firent place à des dents pointues jaunies et acérées. Leur peau verdissait à mesure qu'ils avançaient et ils se transformaient tous en de petits Michel Madison, semblables à de courtes gargouilles à la peau écaillée. Ceux qui suivaient expérimentaient la même métamorphose grotesque à mesure qu'ils approchaient, comme dans une danse macabre réglée au quart de tour.

Alain Dupont sentit la douleur diminuer à mesure que l'adrénaline inondait ce qui lui restait de nerfs connectés à son corps. Il vivait une telle frayeur qu'il avait la bouche grande ouverte comme s'il hurlait, mais il n'était plus capable d'émettre un son. Il comprit qu'il avait exactement le même visage que le chauffeur de l'autobus. Cet air catatonique dans la mort. Comme un accident qu'on ne pouvait éviter, comme quand un camion-citerne empli de carburant était sur le point de vous annihiler, et que vous n'aviez que le temps d'établir un contact visuel avec l'autre conducteur qui avait déjà abandonné toute tentative de vous sauver la vie.

Les petits démons s'étaient approchés de la carcasse gisante d'Alain Dupont d'un air intimidant, ricanant maintenant telle une horde de hyènes qui entourait une proie blessée, indiquant par leurs yeux terrifiants qu'ils allaient bientôt se régaler de sa chair et de ses entrailles. Le rire des créatures s'intensifiait à mesure que d'autres se massaient au-dessus des premières, comme pour former une pyramide de monstres, un mur infranchissable. Alain Dupont était condamné, mais il n'en fut pas surpris. Ce qui l'étonna, c'est que ça ait été aussi long. Il aurait pensé payer le prix pour sa lâcheté bien avant.

Puis, tout juste comme les gargouilles juchées plus haut reculaient un peu pour s'élancer vers lui, Alain Dupont n'eut plus peur. À la place, un constat l'emplit d'une béatitude surprenante, compte tenu des circonstances et des dents qui l'agrippaient maintenant par la gorge, la secouant avec puissance pour que les morceaux de chair cèdent sous leur morsure, sur le point d'arracher tout sur leur passage.

La dernière pensée de l'existence d'Alain Dupont fut un bilan sans appel, aussi effroyable qu'apaisant. Aussi clair que sombre.

Il méritait de mourir.

17

Myriam Gagnon venait de raccrocher, une collègue avec qui elle avait prévu souper ce soir-là lui demandait si elle avait eu des nouvelles de son amoureux. Elle réalisa à ce moment qu'il aurait déjà dû la contacter pour lui annoncer son arrivée. Il devait s'être posé depuis une demi-heure et avait juré de l'appeler dès que son avion toucherait la piste d'atterrissage. Elle se commanda un autre verre, car à l'évidence, elle l'attendrait encore. Son vol avait peut-être été quelque peu retardé. Elle ne savait pas quel site Internet visiter pour suivre les vols. Un collègue le lui avait expliqué, mais elle ne l'avait pas noté.

Le serveur lui sourit chaleureusement en glissant une vodka canneberge dans sa direction. Elle prit une gorgée et grimaça. Elle soupira en consultant sa montre pour la troisième fois en quelques minutes. Un homme s'approcha et tenta d'amorcer une conversation, mais elle n'avait aucune envie de discuter, encore moins de se faire charmer par qui que ce soit.

Elle espérait seulement que ses craintes soient infondées. Elle souhaitait se tromper dans son appréhension qu'Alain eût refusé de prendre son avion, qu'il en fût incapable, qu'il eût perdu toute sa bravoure au moment de l'embarquement. Si c'était le cas, elle savait ce que ça signifiait et ça l'emplit d'une profonde mélancolie et d'un découragement sans nom. Heureusement qu'ils ne vivaient pas ensemble, ça rendrait les choses beaucoup moins ardues en cas de rupture.

Elle secoua la tête, ce n'était pas le temps d'entretenir de telles idées noires. Bien des choses pouvaient justifier son silence. Son téléphone portable n'avait peut-être plus de batterie, l'avion avait peut-être eu du retard, il avait peut-être oublié de l'appeler, dans l'énervement. Il y avait sûrement une explication logique.

L'homme à ses côtés la contemplait toujours de son sourire niais à tel point qu'elle soupira d'impatience.

— Je ne suis pas là pour vous embêter, croyez-moi, dit-il.

Il était grand et élancé, avec une belle prestance. Sa voix était douce et apaisante. Myriam l'observa et lui sourit. Il ne lui avait rien fait, après tout, elle n'avait pas à lui faire la vie dure. Et qui sait, une discussion aiderait peut-être à faire baisser le niveau de tension, en attendant qu'elle découvre ce qui se passait avec Alain.

— Excusez-moi, je suis simplement un peu inquiète, c'est tout.

L'homme leva son verre en souriant chaleureusement.

Myriam tressaillit en sentant son appareil mobile vibrer, mais c'était Clara, une autre de ses amies, qui venait aux nouvelles. Elle allait lui dire de cesser de l'appeler et de passer le message aux collègues tant qu'elle n'avait pas eu d'informations concernant son copain, mais elle se retint. Elle n'avait pas à faire subir sa mauvaise humeur à ceux qui s'inquiétaient pour elle. Ce n'était pas leur faute non plus si elle n'avait pas de signe d'Alain. Myriam discuta quelques minutes avec Clara, l'invita à se rendre au restaurant sans elle, elle les rejoindrait dès qu'elle saurait ce qu'il advenait de son amoureux.

Elle se garda bien d'énoncer l'autre option, celle de rompre sa relation et de les rejoindre en improvisant une raison de dernière minute. Elle scruta l'homme assis à deux bancs à sa droite qui toisait le match de tennis à la télévision en sirotant son verre. Il avait autour de la cinquantaine et était tiré à quatre épingles. Il semblait à l'aise financièrement, et ça l'attirait. Au fond, c'était le genre d'homme qui la branchait, en temps normal, bien qu'il fût l'antithèse de ce qu'Alain représentait. C'était aussi le type de mec qui l'avait fait souffrir si souvent dans le passé, le spécimen duquel elle voulait s'éloigner.

Elle fixa à nouveau l'écran de son appareil mobile, et soupira.

— Il ne viendra pas.

Myriam se tourna vers l'étranger qui continuait de regarder le match comme si de rien n'était.

— Je vous demande pardon ?

Il vida son verre et l'observa d'un air affligé.

— J'ai dit que celui que vous attendez ne viendra pas.

Elle sentit la rage lui prendre la tête. Comment osait-il lui dire une telle énormité en ne sachant absolument rien d'elle, et surtout, rien d'Alain ? Elle était visiblement inquiète, alors pourquoi en profitait-il ? Puis, sa frustration fit place à la stupeur. Comment savait-il qu'elle attendait quelqu'un qui n'était pas déjà ici ? Après tout, elle pouvait très bien soupirer à cause d'une amie, ou d'un parent qui logeait dans cet hôtel, ou même en raison d'un conjoint qui s'était accroché les pieds dans une table de baccara. L'homme se leva et empoigna son imperméable posé sur le dossier de son siège.

— Qu'est-ce que vous en savez ? répliqua-t-elle au bout de quelques secondes, la voix tremblante, entre la rage et l'appréhension.

Il la fixa de ses yeux paisibles, puis lui sourit.

— Disons que j'ai un don.

Il la salua d'un signe de la tête et prit congé dans le sens opposé. Myriam Gagnon resta là, béate devant cette scène surréaliste. Elle avait hâte de raconter ça à Alain et aux collègues. Ça serait une bonne anecdote. Mais alors qu'elle finissait son verre, elle ne pouvait s'empêcher de sentir que l'homme avait probablement raison. Alain ne viendrait pas ! C'était terminé pour eux ! Elle se demanda si, au moins, il avait pris la peine de se rendre à l'aéroport. Ou, pire, s'il n'était jamais sorti de chez lui, qu'il n'avait même pas fait l'effort d'essayer. Elle lui en voulait de ne pas l'avoir au moins appelée. Même un texto, bien que démontrant une certaine lâcheté, aurait été préférable au déchirement du silence.

Elle composa le numéro du téléphone mobile d'Alain, mais se buta à un avis de son fournisseur de téléphonie cellulaire qui réitéra qu'il était impossible d'effectuer cette action. Pourtant, elle recevait des appels de ses collègues et amies sans problème. Elle fit un test et contacta son bureau, et raccrocha en entendant le message de bienvenue du système téléphonique.

Avait-il, en plus, eu l'audace d'annuler sa ligne ? Avait-il poussé sa poltronnerie jusque là ? Elle savait qu'elle pouvait intimider les hommes, mais à ce point ? De là à les rendre aussi mous ? Puis, elle se rassura en pensant que s'il avait désactivé sa ligne, le système dirait que le numéro n'était plus en service, non pas qu'il était impossible de réaliser l'opération demandée.

Elle repéra un tableau au loin, derrière les machines à sous. On aurait dit un écran comme on en retrouve dans les aéroports pour répertorier les arrivées et départs.

Elle glissa vingt dollars sur le comptoir, empoigna son sac à main et son manteau et se leva prestement pour se diriger vers le moniteur. Elle sentit son cœur battre en réalisant qu'il s'agissait bel et bien du registre des vols de l'aéroport de Las Vegas. Elle se remémora le numéro du vol d'Alain, AC810, puis défila chaque ligne en se plantant en plein milieu du passage, devant l'énorme écran au fond bleu. Elle débuta à partir du haut, et lut ligne par ligne.

Elle arrivait aux vols en provenance de Montréal quand elle sursauta. Une main froide s'était posée sur son épaule et lui avait fait lâcher le moniteur des yeux pendant quelques secondes. Elle se tourna et vit l'homme du bar qui s'éloignait au loin, tenant toujours son imperméable sous son bras. Puis, il y eut une gigantesque vague chaude qui lui traversa le corps, comme lorsqu'on a un coup de chaleur. Elle se raidit, puis se détendit.

C'était comme si le temps s'était arrêté. Elle regarda autour d'elle, tentant de comprendre ce qu'elle faisait là, plantée dans le passage devant un grand écran bleu, comme si elle avait perdu le contact avec la réalité pendant quelques instants. Comme si elle avait marché comme une automate jusqu'à cet endroit et ne se rappelait plus pourquoi elle s'y était rendue. Comme lorsqu'on se dirige vers une pièce dans un but bien précis, mais une fois à destination, on ne se souvient plus ce qu'on voulait y faire, distrait par autre chose en chemin.

Elle ricana et se déplaça vers l'entrée de l'hôtel en tentant de remettre ses idées en ordre. Qu'est-ce qu'elle devait faire, déjà ? Ha oui, le souper avec les collègues. Elles étaient quelques-unes à étirer leur séjour dans la région. Certaines avaient invité leur conjoint à les rejoindre, d'autres, comme Myriam, y allaient seules. On ne savait jamais ce qui pouvait survenir dans la capitale du vice. Après tout, ne dit-on pas que ce qui se passe à Vegas reste à Vegas ? Arrivée près du portique de l'hôtel, elle croisa sa bonne amie Clara, qui se lança vers elle en l'embrassant sur les joues.

— C'est fini, Myriam, la conférence est terminée. C'est maintenant le temps de faire le party, de se faire du fun. Il va sûrement y avoir de beaux mecs. Viens, on va être en retard pour le restaurant, les autres nous attendent.

Myriam Gagnon sourit et lui emboita le pas pour ce qui s'annonçait être une soirée où tout pouvait arriver.

18

Claude Bouchard était au téléphone depuis plus d'une heure dans le salon VIP d'Air Canada, au grand dam des clients qui soupiraient d'irritation. Personne n'osait lui demander de baisser le ton, espérant qu'un des employés du salon vienne à leur rescousse. L'individu imposant dans la mi-cinquantaine à la chevelure fuyante et au regard dur était en train d'enguirlander une personne à l'autre bout du fil.

Un homme avec un visage sympathique lisait un journal à l'écart et l'observait distraitement en souriant. Il comprenait l'exaspération des clients près de Bouchard, plusieurs avaient ramassé leurs choses pour s'installer plus loin. C'était stupéfiant de réaliser à quel point Claude Bouchard n'avait aucune considération pour les autres. Peu importe qui il dérangeait autour de lui, il ferait ce qui lui plait et au diable la vie en communauté.

L'homme au journal décida de rejoindre Bouchard en s'assoyant sur le fauteuil directement en face de lui. Ce dernier lui lança un œil sévère, peu entiché à l'idée que quelqu'un envahisse un tant soit peu son espace. Mais l'autre ne se laissa pas démonter pour autant, et le salua d'un signe de tête qui ne lui fut pas rendu.

L'homme parcourut les gens autour de lui en leur souriant, et la plupart lui rendirent son sourire. Ils souhaitaient sûrement qu'il ait le courage de confronter le type au téléphone et redonner ainsi sa quiétude à l'endroit.

L'homme se pencha vers Bouchard.

— Je vais me chercher une bière, je vous rapporte quelque chose ?

Claude Bouchard lui jeta un regard furieux sans répondre. L'homme posa sa question à nouveau. Bouchard baissa son appareil, le temps de lancer d'une voix grave :

— Tu vois bien que je suis au téléphone, imbécile. Crisse-moi patience !

L'homme ne perdit pas de sa superbe pour autant, toujours penché vers lui comme s'il attendait une riposte. Bouchard soupira et lui dit d'aller se faire voir ailleurs.

— Je vais prendre ça pour un non, dit l'homme d'un ton rieur en se levant.

Claude Bouchard indiqua à son interlocuteur qu'il le rappellerait plus tard, et qu'il était mieux d'avoir de bonnes nouvelles pour lui. Il serait à son condo de Palm Beach dans quelques heures, ça donnait amplement de temps à l'autre pour corriger ce que Bouchard lui reprochait. Ce dernier raccrocha et déposa son téléphone devant lui, au grand soulagement de la plupart des clients présents.

Bouchard s'en foutait, il avait bâti sa richesse en faisant à sa tête, n'ayant cure d'écraser qui que ce soit au passage. Il était de l'école qu'on ne fait pas d'omelette sans casser des œufs. Et Dieu sait qu'il en avait cassé, des œufs. Et il le faisait encore, quand c'était nécessaire. Mais comme c'était un homme fortuné et qu'il possédait un large parc d'immeubles locatifs aux quatre coins de la planète, il comptait maintenant sur ses associés pour faire la sale besogne. Il embauchait des personnes comme lui pour l'épauler. Des gens sans vergogne, durs en affaires, pour qui le but de chaque négociation était de soutirer le maximum de son adversaire. Au diable la relation gagnant-gagnant, c'était un concept pour les perdants.

Bouchard observait l'homme débonnaire qui s'était assis devant lui quelques minutes auparavant, il était comme captivé. Le mec n'était pas intimidé par lui, contrairement aux autres. Personne dans un état mental normal n'aurait cru que c'était une bonne idée de le déranger pendant sa conversation téléphonique. Pourtant, il l'avait fait. Il devait être un de ces tarés qui n'avaient pas conscience du danger qui les entoure. Claude Bouchard l'épiait pendant qu'il discutait avec les gens autour du buffet où on retrouvait de la nourriture chaude et froide, ainsi que des rafraichissements. Ces personnes semblaient séduites par l'homme à l'allure avenante d'un professeur de pastorale. Il était assez grand, Bouchard l'évaluait à environ six pieds, mais mince. Un corps androgyne pareil à celui d'un danseur de ballet. Il étudiait ses moindres faits et gestes, fasciné par cet individu qui n'était pas comme les autres, malgré son apparence anodine.

Puis, il revint s'asseoir, apportant une assiette remplie de victuailles d'une main, et deux Heineken de l'autre. Il observa Bouchard en souriant et déposa une des deux bières sur la table devant lui.

— Je me suis dit que vous auriez quand même soif, après avoir passé tout ce temps au téléphone. Vous devez avoir la gorge sèche.

Claude Bouchard était de nature soupçonneuse. Il

partait du principe que tout le monde était malhonnête jusqu'à preuve du contraire. Mais il devait faire un effort pour conserver son esprit critique face à cet homme qui lui inspirait de la sympathie. Bouchard avait l'habitude de négocier avec des gens qu'il terrifiait, alors il ignorait comment réagir devant l'insouciance juvénile de ce type qui n'avait pas l'air de savoir qui il était ni toute la frayeur qu'il pouvait infliger à ses semblables, s'ils ne faisaient pas ce qu'il voulait.

Pour la première fois, Bouchard esquissa un sourire et saisit le collet de sa bouteille de Heineken et la ramena vers sa bouche en ne lâchant pas l'homme du regard. Puis, il se cala dans son siège, toujours en dévisageant l'homme d'un rictus convenu. L'homme lui rendit son sourire, aucunement décontenancé de se faire ainsi scruter par son imposant voisin.

— T'es un type particulier, toi, hein ?

L'homme ne sut quoi répondre à cette question vague, il se contenta de hausser les épaules en serrant les lèvres. Bouchard prit une longue lampée de sa bière et se lécha les babines. Il ricana et saisit son ordinateur portable pour travailler sur un document concernant l'achat imminent d'un complexe immobilier de Mont-Tremblant, au nord de Montréal.

— Eh bien, quelles étaient les chances, mon vieux ? dit l'homme d'un ton enjoué, après quelques minutes.

Bouchard l'observa d'un œil interrogatif. Les chances de quoi, exactement ? L'homme pointa la table entre eux du menton. Bouchard chercha de quoi il était question, et nota que son billet d'embarquement était à découvert sur la table.

— Vous êtes 3F, je suis 3D, indiqua l'homme en lui montrant sa propre carte d'embarquement. Bouchard ne valida pas l'information. Normalement, il se foutait de savoir qui était assis à côté de lui en classe affaires, mais il devait avouer que dans ce cas, c'était une drôle de coïncidence.

— Si on doit être assis ensemble, aussi bien se présenter, poursuivit le type en lui tendant la main, attendant que son interlocuteur s'identifie.

— Claude Bouchard.

— Enchanté, Claude. Mon nom est Michel Madison

Bouchard retira sa main de celle de Madison, se la frottant par réflexe, Madison avait la main très froide. Sûrement à cause des bières qu'il venait de transporter.

— Eh bien, mon cher Claude, dit Madison en l'observant d'un œil inquisiteur. J'ai l'impression qu'on va avoir un vol très palpitant.

VOULEZ-VOUS ENCOURAGER
L'AUTEUR ?

Tout d'abord, merci d'avoir lu Le Dernier Vol. Nous espérons que ça vous a plu. Si c'est le cas, nous vous serions vraiment reconnaissants de prendre quelques minutes de votre temps pour laisser votre critique où vous vous êtes procuré ce roman. Les critiques sont vraiment importantes pour les auteurs et permettent à d'autres lecteurs de les découvrir.

Si vous souhaitez recevoir deux courts romans **GRATUITS**, vous initiant à deux autres styles littéraires de l'auteur, inscrivez-vous à l'infolettre de Sébastyen et <u>téléchargez votre librairie de départ</u>.

À PROPOS DE L'AUTEUR

Sébastyen Dugas est un auteur québécois de la région de Montréal. Il publie autant en français qu'en anglais. Il a été journaliste en début de carrière pour bifurquer ensuite vers une carrière en informatique.

L'écriture a toujours été une passion pour Sébastyen du plus loin qu'il se rappelle. Il adorait écrire pour son propre et plaisir en plus de collaborer à des blogues d'autres publications.

Dans ses temps libre, Sébastyen aime lire, la photographie et le cinéma. Amoureux des voyages, il a déjà visité plus d'une vingtaine de pays.

Dans les années à venir, il veut continuer de voyager partout dans le monde, écrire encore plus de fiction et profiter de la vie.

Vous pouvez rejoindre Sébastyen sur son site web ou sur les médias sociaux.

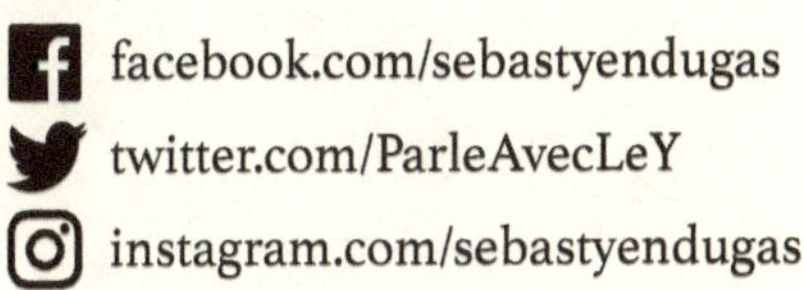

facebook.com/sebastyendugas

twitter.com/ParleAvecLeY

instagram.com/sebastyendugas

DU MÊME AUTEUR

Collection Martin Lafs

Épiphanie d'une caméra brisée

Ne Pas Trouver Roger

Un Tien Vaut Mieux Que Deux Piranhas

Collection Brevis

Un Train d'Enfer

Stockholm

Collection Abygaelle Jensen

La Dame en Bois

www.ingramcontent.com/pod-product-compliance
Lightning Source LLC
Chambersburg PA
CBHW031003210726
48290CB00007B/2452